主编　凌翔

当代作家精品・散文卷

淀边书

王广乐　著

中国画报出版社・北京

图书在版编目 (CIP) 数据

淀边书 / 王广乐著 . -- 北京 : 中国画报出版社 ,
2024. 8. -- ISBN 978-7-5146-2443-4
Ⅰ . I267
中国国家版本馆 CIP 数据核字第 20241Q806X 号

淀边书

王广乐　著

出 版 人：方允仲
责任编辑：李聚慧
责任印制：焦　洋

出版发行：中国画报出版社
地　　址：中国北京市海淀区车公庄西路 33 号　邮编：100048
发 行 部：010-88417418　010-68414683（传真）
总编室兼传真：010-88417359　版权部：010-88417359

开　　本：16 开（710mm × 1000mm）
印　　张：14
字　　数：180 千字
版　　次：2024 年 8 月第 1 版　2024 年 8 月第 1 次印刷
印　　刷：三河市中晟雅豪印务有限公司
书　　号：ISBN 978-7-5146-2443-4
定　　价：66.00 元

关于王广乐及其白洋淀书写

杪椤

在当下关于白洋淀的文学书写中，王广乐的散文独树一帜。

说起白洋淀，总会令人想到“荷花淀派”。由于文学教育的普及，哪怕是文学界以外的人，孙犁笔下的“荷花淀”和“荷花淀派”也广有其名，是为地理意义上的白洋淀代言的符号。白洋淀被称作“华北明珠”，是一个旅游胜地，声名远播。但就其自然风景而言，并未见得绝美到哪里去，在中华大地上比之更美的湖泊不在少数。白洋淀的内核其实是文化，与捕鱼、造船、打苇等有关的水乡传统民俗，小兵张嘎和雁翎队所代表的抗战文化，以及“荷花淀派”和“白洋淀诗群”的书写等，这些文化要素才是白洋淀独有的标志。在这其中，当下白洋淀周边的文学创作颇为活跃。

在地理上，白洋淀周边区域包括原保定地区的安新、雄县、容城和高阳的个别乡镇，以及属于沧州的任丘市的一部分，如今这些地方相当一部分划归雄安新区管辖。但就文学创作队伍的人数和力量来说，以安新县为最，当地活跃的写作者有三四十人之多。为何安新县的文学创作蔚然成风？认真分析，或许与下列情况不无关系：一是受到传统影响，当年孙犁从事革命活动的足迹主要在安新县，特别是同口镇一带，《白洋淀纪事》《采蒲台的苇》等脍炙人口的名篇佳作反映了淀区的风光和人民的生活，为这里留下了文学经典；20 世纪 70 年代初开始形成的“白洋淀诗群”，骨干成员根子、多多、林莽等人也在这里插队。二是生活环境的影响，安新县拥有白洋淀大部分水面，濒水村庄的日常生活极具水乡特色，形成了独特的北方水乡文化，能够激发当地作家的文学想象。三是受到地方文学机制和氛围的影响，安新县一直有比较好的社会文学机制，作家协会等文学组织健全且长期坚持正常活动，团结带动了一大批文学爱好者。2005 年以来，冬子李、王迦梁、阿民、郭宝国、李景霞、王英年、王广乐、刘卫宁、李颖、刘贺军、马俊舟、李立军、芦花格格、张金霞、张素玲、田利英、陈卫红等写作者和爱好者热心文学，积极参与、组织文学活动，形成了浓厚的文学氛围。他们的创作充满地域特色，白洋淀是他们共同的文学家园，也是他们着力书写的对象。

王广乐的散文写作开始得很早。他是土生土长的安新人，与当地大多数写作者一样，他的创作反映了自己日常生活中的所见、所闻和所感，白洋淀区的自然风光、民俗风情和人们的渔猎、农耕生活及其变迁，是他的作品主要描写和表现对象。他的创作经过了长期的生活积淀和写作技巧上的训练，受到早期感性的、写实的和客观性的散文观念的制约，经过了比较长的蛰伏阶段。2016 年，他出版了第一部散文集《流光碎影——白洋淀乡土漫记》（河北大学出版社，2016 年），收录了之前所写的关于白洋淀乡土生活的作品。但看得出来，这些文章带有比较明显的“自发写作”的痕迹，手法尚是传统的路子。或许从那时起，他开始反思自己的创作，除了大量读书，也不断与外界师友交流，并且把功夫下在日常，就像一株在淀区的厚土和沼泽中深扎根脉的芦苇，每经历一番冬去春来，根系就更庞大和牢固一分。他下的是笨功夫，但在写作这个行当里，笨功夫才是真功夫。终于有一天，他又拿出了一部书稿，即《雄安古镇漫记》(百花文艺出版社，2021年)。虽仍名为“漫记”，但这本文集的主题很集中，就是用散文的笔法写雄安三县的古村镇，当然“古”也是他自己的判断。他曾经跟我谈过创作这一系列文章的初衷，是想在雄安现代化建设开始之际，钩沉历史、观察当下，为这些即将消失的村镇留下一份文学的记录。正是从这部作品开始，他的写作进入自觉阶段。

现在看来，《雄安古镇漫记》实现了王广乐的创作设想。在一个更广阔的视域内，这类与“雄安前史”有关的地域生活、地域文化的文学书写意义重大。就我了解到的情况，冬子李的《白洋淀美食笔记》(吉林人民出版社，2018年)、王英年的《水乡琐忆》(河北大学出版社，2016年)、刘贺军的《我的白洋淀》(吉林人民出版社，2019年)等采用的也是类似的写法。由于要顾及所写内容的真实性和知识性，王广乐以旁观者的身份和视角进入，把古村镇当作走访、观察、研究的客体和对象，写作中多用白描、叙述的手法，且大量引用史料和现场所得的资料。因为有这样的特点，所以《雄安古镇漫记》给我留下深刻印象的是所呈现的对象，即那些村镇的历史、建筑、风物和人们的生活习俗等；虽然作者也在其中现身，“我”如何如何的句式频繁出现，但“我”仍然被所书写的内容“遮蔽”了。

直到目下这部《淀边书》。同样是以白洋淀边的名物和生活为书写对象，与他从前的所有作品都不同，也与当地其他写作者不同，《淀边书》已然是一部全新之作。翻看第一篇我就发现，文章的写作风格变了。读完全部稿件，这种感受更加明确。

一是从内容上看，那些突出白洋淀及其周边景物和风土人情中“奇”“特”“新”的内容几乎不见了，深入个人生活经验内部进行审美表达的部分增加了。《渥城散记》写他长期生活的县城，《如流》《槐树街》《早市街》写街道，《安全之门》《迟玉兰》写陪父母看病的经历，《街树》和《庭中树》看题目就知道是写街边和庭院里的树……写的都是平常事、常见物。常读散文的人会知道，越是熟悉的事物写起来越困难，因为熟悉的地方不会有风景，太过熟悉反而会熟视无睹，也就极难发现新鲜的故事，“写什么”及“如何写”都是很大的难题。但是王广乐却在这样的地方下笔，足见在创作前经过了认真思考。在关于日常生活的书写中能见他人、见天地、见众生，也能见自我，说明了他对世界和对散文的理解都在发生变化。

二是从视角上看，调整了观察方法和叙事策略，从对生活的仰视或平视改为了俯视和对自我的“内视”。在与之前相比宽阔了许多的视野之外，作者作为叙事主体的感受大喇喇地出现在了文本中，对书写对象的客观性描摹让位于对“我”的情感的细密表达，即面对事物时“描写”“形容”和记录的欲望被“物”与“我”交流时所激发出的审美情感所取代，文章的美学张力和诗性大为增加。这就使得对现实的书写蕴含了想象，也蕴藏着爱与批判，但无论何种，都是作者自己的审美感受和价值主张。我对一些段落印象深刻，比如写麻雀的《檐下之邻》：

> 我和麻雀已经做了多年的邻居。它在我家屋檐下出出入入，我却不知它何时起床，也不知它何时归宿。我们各忙各的，名字不同，本质上却相似，都是为了生计奔波的碌碌之辈。我有麻雀做邻居，彼此相安无事，人有人途，鸟有鸟道，各安天命罢了。麻雀看似普通，却有不凡之处，不用长途奔波依然可以在北方的严寒中活下来，一年年迎候春天的归来。

再如《芦苇，芦苇》：

> 秋霜已重。水鸟们准备离去。水面上回荡着鸟儿们扑打翅膀的声音。水泽渐至沉寂，一些留鸟，还在孤独地呼唤曾经的友伴。芦

苇站在凄冷的淀水里，顶着一头灰发，略带忧伤地看着这一切，它想到昨日的明丽、热烈和眼下的萧瑟，百感交集。不过，它很快就回过神来，喃喃地说，不会总是热闹的，什么都是一样，还是做好自己最为要紧。

这样的表达若非对生活和生命有自己的洞察，是无法写出来的——客观性是一种共通性，而主体性才能显示差异性和具有辨识度。与他的前两部作品不同，我在《淀边书》中不只看到了地理上的、文化上的白洋淀及周边人们的生活，更看到了作者自己的精神和心灵。作者写出了自己眼里的、心里的和观念中的淀边生活，也在这个过程中写出了自己的生命体验。王广乐性格憨厚，不善言辞，在日常交流中也并非见面就能敞开心扉，能够在散文中袒露自己的心迹也是难得。这反倒增强了作品的精神内蕴，在文辞之美中又使文章耐读、“有嚼头”。

当然,《淀边书》中可圈点之处还有很多，包括书写内容和编排体例，我自不必过多赘评和介绍，读者朋友们读过便能体会得到。白洋淀地区的自然和人文在北方独具特色，雄安新区成立，让这块土地上的传统文化与现代都市文明提前碰撞。淀区人民的生活方式加速变迁，精神上也经历着震荡，这无疑也是文学书写的新契机。王广乐这部作品既是他个人长期探索、坚持散文创作的成果，同时也是时代的产物。我猜测，设若没有雄安新区成立的“刺激”,《淀边书》和《雄安古镇漫记》也未必能写得出来——即便能，也未必是现在这种呈现。所以，将来回顾“雄安文学”初创的历史，想必也该有这部书，该有王广乐等作家关于白洋淀书写的印记和位置，特别是就《淀边书》的文学品质而言，我的预判也不是毫无根据的夸张。

（杪椤，河北作协研究员,《诗选刊》杂志主编）

目　录

卷一

卷二

卷三

卷四

卷五

卷一

渥城散记

一

码头迁走后，河面上一条挨着一条的快艇和木船不见了，一级一级向上延伸的水泥台阶上空荡荡的，如同散了戏的剧场。北去的环城路，西去的东关街，不见了大巴车排成的长队，街面如夜晚般空阔。只有班船的到来才会给人些许安慰，好像过去的日子还不曾被人彻底遗忘。班船的船尾冒着黑烟，在柴油机“扽扽”的响声里，在水边的台阶下一字排开。人们从船篷里钻出来，跨上台阶时还不忘回头叮嘱船老板一句什么话，三三两两结了伴，背着或者提了东西，一步步沿着台阶登到顶上去。顶上是十字路口，卖冰棍儿和零食的小贩踞在关键地点，扯开嗓子卖力吆喝着，三轮车夫们热情地迎上来，接了人四下散去。

站在横跨河道的铁桥上向东望去，一条条班船沿着长长的河道，在南岸垂柳和北岸河堤与房屋的列队欢迎中，向着自己驶来。阳光在班船的顶棚上闪着亮光，在河面上投下跳跃的光点。它们带着遥远的水乡气息从我的脚下穿过，缓缓靠岸，有着军舰入港般的庄严味道。看着它们，有时我会想起老人们说起的关于老码头的那些昔日盛事，想象那些缥缈的船只和升起的旧色的帆。老人们口中的老码头，比这里还要靠西些，在老城的东城门外。在那个遥远的年代里，一艘艘船从保定府一路漂流到那儿，打尖，装卸货物，喧闹过后，再跟随淀水一路去往遥远的天津。那时，还没有这道环城堤，没有眼前这个码头。那个时代充满着传奇色彩，好像到处都是绿色的水，船桨旋转出清亮亮的水涡。

冬日清晨，我站在堤顶上，看码头滑冰的人。我把手揣进衣兜里，有时会想起祖父慈祥的笑容，想起烤红薯的甜和那一炉子的暖。那是祖父的暖。他很大岁数了还在卖烤红薯，有时一块一块切开来卖，用杆秤称了拿给客人。我就站在祖父曾经站过的地方，想象他一生的劳动。他的那双手，一年四季不曾停下，不曾做过与劳动无关的事情。

有时，我会想起把手缩进袖筒里的人，他们嘴里呼出的白气在眉毛上凝了霜，一边把棉帽子的帽沿拉下来，盖住冻得通红的脸，一边跺着脚，驱赶往裤腿里鞋子里钻的冷。他们是撑拖床的，在等赶路的人。那时，冰面上排着的拖床也多，赶年集时会排出老远。那些拖床，来往于水村和东关码头之间，能在淀面上飞起来。他们住在码头附近的村子里，等冰化了，把船拉下水，接送来往于码头和对面村子里的人……

那时，那些人还在呢，岸边的垂柳和堤上的老房子们还在呢，码头也还在呢。

恍惚间，我的思绪像箭一样飞去，却不知要绕过多少路，才会回到我最初落脚的那个时间。我不知道，记忆里的那些东西还在不在，有没有被风雨销蚀干净。

二

东关码头曾是老城的一个标志性符号。老城属于过去，码头只是后加进去的一个环节。在老城的街巷间，商贾和河运的故事相较于战争与帝王的传说要晚上很多年。家乡的人总爱从春秋战国开始谈起它，在接下来的朝代里寻找关于它的蛛丝马迹，不断开拓着想象的空间。

老城的南墙，与一部分淀堤重合在一起，共同面向白洋淀的春秋冬夏。这条淀堤很长，它并不只照管一座城和一个码头。在它眼里，一座城和一个村庄并没有什么不同。淀堤绕城而去，巡视大片的土地和广袤的淀水。它将淀水与土地分隔开来，像一条边界，又像一个禁忌。每次我站在淀堤上，伸开双臂，左右手指向的，是完全不同的两个世界。

我常沿着淀堤行走，寻找我需要的内容，我在写一本关于淀的书。我按照预设的方向，一路走走停停。后来我发现，只拜访淀堤是不够的，于是我从整修一新的淀堤上走下来，走到凋残破败的城墙根儿旁，再走进狭窄逼仄的小胡同里。曾经伤痕累累的淀堤，如今被绿树和鲜花覆盖，被一条条道路伴随，像新的一样，不愿再想起被纸和笔反复书写的历史。围绕老城的城墙根像一个悠长的破折号，被一个点分开向着相反的方向延伸。它一手抚摸着自己的残躯，一边回想这座城的风花雪月，没有人关心它的疼痛所在，它的疼痛早已被岁月深深地掩埋。老城里的小胡同，似乎听到某种召唤它的声音，慢慢睁开酣睡的眼睛，它知道自己是这座城最核心的秘密，不过它并不关心这些，它只在乎别人关不关心它。还有那两头蹲坐在街边的石狮子，说不清多少年了。每头石狮子身上都带着伤痕，这只嘴里含着的石球不见了，那只的爪子受伤了，它们的底座都陷落到街面之下，那里面藏埋着这条老街的过去。街面的几次抬升，让石狮子渐渐下沉，被人们遗忘。它们和我一样，都受着时间的驱遣，经历着自己的每一段生命。谁都会有独属于自己的轨迹，即便是一颗沙砾，也想像星辰一样运动。

我从城外走进城内，从城左走到城右，又从城内走回到城外去。看了看这个，不是；看了看那个，也不是。有的名称变了，有的容貌变了，我有些迷茫。我看到好多老枝被人用镰刀削去了，但是新枝并没有在旁边长出来。我只好继续寻找，我相信我会找到它们，我始终坚信这一点。在这片土地上，数量不是问题，高度也不是问题，更涉及不到名称的变换，而是连接彼此的纽带出现了断裂，且不止一处，有的干脆掉下来，碎裂成许多个小节。时间长了，难免会丢失，有的被人捡走，始终没有还回来。当有人想起它很重要，再跑回去捡的时候，很多碎片已经找不到了。人们费了很大力气也没能将它拼回原样，茬口对不上了，最后只能用胶勉强粘在一起。

走在宽阔的大街上，看着两侧林立的楼群、整齐的别墅、穿梭而过的车辆，打造这全新的街景，才不过二三十年的光景。曾经的景象，还在一排排杨树划分出的纵横交错的世界里闪动，未曾彻底消失。回顾我所向往的诗和远方，却发现眼前只剩了苟且、一地鸡毛的琐碎与纠缠。丢失了那么多的白天和黑夜，我的手里空空如也，很像一个乞丐。有一段时间，我甚至忘记了我是在白洋淀边长大的，忘记了它的存在。我发现好多人也忘记了这个大淀，忘记了它曾经投射过来的暗影。

淀始终是我们的背景，以前是，现在也是，将来还是。码头的出现、消失，择地另建，后来的改扩建，都与一条古老航线的兴衰有关，更与一条庞大的水系有关。大地决定了河流的走向，河流决定了淀的存在与消失，淀则决定了我们的兴亡。“天地不仁，以万物为刍狗。”它不会被我们的欢乐与悲伤所左右，所有人的悲欢全在它的视野里自顾自地流淌。它能洞察一切，却从不打扰，不放大，亦不藐视。如今，洪水退却，风无言地掠过淀泊，芦苇依然在生长，鸟儿依然南来北往，像祖先们那样沿着古老的路线迁徙，将记忆一代代地传递。淀里的村庄，还在讲述古老的传说，讲故事的人进进出出，像搬运工那样将里面的宝贝拿给每一个孩子看。

三

阳光斜照下来，穿过大杨树的枝叶，晃得我的眼睛有些睁不开。蓝色的金属围挡板那边，正在扩建码头，重塑大堤，重型卡车一辆接着一辆经过，发动机的巨大轰鸣声暴露了它们的行迹。现在，这边只剩下了几棵树，孤零零地立着。我熟悉这条路边的每一棵树，它们都与茂密、高大、笔直相关，树皮有着好看的淡青色泽。我喜欢落在枝头的每一只鸟，喜欢沿着小路走到堤下的小桥那里，静静地注视小河河面上闪动的微波。

小河边的那片老柳树，至少有五六十年的光景了，那片地方被我唤作柳河滩。它们沿着堤边分布，每一棵都长得十分高大，却没有一棵像杨树那样挺直。它们无一不在展现着自己性情里的那份恣肆，真是让人羡慕。它们完全是女性的形象，几棵几棵聚在一起，没完没了地说着悄悄话。树林里的光线是混沌的，这里暗些，那里亮些，带着迷人的魅惑，有时，你会看到一串串光珠从树梢上斜落下来，打在树下密密的青草上，亮起一小块草的青绿。雨后，柳树们全都批了一身黑色的外衣，让整个林子有了水墨画的意味。初冬，柳林边的小河还没有结冰，河面上常常腾起缥缈的水汽，氤氲出一幅幅寒柳的图画。如果落上几只乌鸦或者喜鹊，那图画就有了变化，一点点变得生动起来。有时赶上气温骤降，会有雾凇，清早的柳林就会变成晶莹的童话世界。

我没在围挡板那边待多长时间。小路、杨树、小桥都不见了，堤坡下那片老柳树也不见了，地面上到处是起伏的土丘和蜿蜒的沟壑。在这个动荡的被改造的世界里，我觉得我所熟悉的那些东西，像小河、小桥、树一定还在。我想到一直以来我寻找的、那些消失的、曾经在这片土地上十分重要的东西，它们一定也在，只是转换成了另一副模样。可能就像灵魂永生一样，今天我们所做的一切，我们的先人们一定都会看到。

虽然我不知道这条堤会修成什么样子，但我相信它会为我们带来改变。

从这里到东关的老码头有些远，中间隔了两大片麦田，麦田和麦田中间又有一条又宽又长的沟渠，南边的麦田往南是两三条大街，再往南便是老城。在这片偌大的空间里，老码头是一个即将消失的存在，为新码头铺垫出了未来的方向。老城也是如此吧，面临着诸多需要重新选择的课题。在望向它的目光里，究竟有多少种成分呢，现在我还说不大清楚。

老城外，原先分布着许多不能耕种的土地，比如荒林、土坑、坟场，多年来一直保持着原状，现在几乎都被楼群替代了。我亲眼看着它们被不同颜色的围挡板一块一块分割、包围。是的，老城太小了，狭窄的街道、胡同，即便有些可以言说的辉煌历史，又如何能够满足这飞驰的车辆、汹涌的人流，如何安放这一个个渴望腾飞的灵魂？在居住的问题上，大家的选择出奇地一致。其实，早在码头迁往新址的时候，已经对后面的一系列答案进行了预示，只是那时的我还没想明白。

四

我旁边是一块麦田，田里的泥土松软而湿润，种田的人说可以一把攥出油来。我喜欢这样的表述，它触及了生命的本质。黑黝黝是好土的标志色，需要在阳光和风雨的共同作用下才能形成，只有那些在土地上劳动过的人，才会真正懂得这些。我在土地上劳动过一段时间，知道泥土的表面无论多么干燥，只要用力挖下去，就会触碰到温暖和湿润。泥土里的内容是丰富的，白色的蛴螬，粉红色的蚯蚓，丝丝缕缕的根须，还有我们肉眼看不到的微小生物，都能给予我们无尽的想象。

我捧起一把土，闻到一股腐殖质特有的气息。这把土里，有阳光，有空气，有水分，有植物的叶子、根须，有动物的骨血、皮肉，当然也有劳动者的汗水。这把土应该没有被移动过，现如今这也是一种幸福，可以踏踏实实地养育一棵麦子或是一株小草，实现作为泥土的价值。不过，这是我所理解的泥土的幸福与价值，和泥土对自身的理解关系不大。作为泥土，是养育麦子、小草，还是支撑起高楼大厦，它说了不算。

父亲说过，这里种麦子之前，好多年以前种过稻子。对我来说，种稻子的事有些遥远，那是我父亲他们那代人的事情。我查资料时，发现在更远的西北边，曾经有过一片水泽，可发生在水泽里的事，书里没有记载。现在，那里是连绵无际的良田，年年托起两个丰收季节。如果按照这样的思路，追想曾经发生的事，麦田的身份就会变得可疑，很难判定它的存在时间和开发背景。看来，什么都禁不住追问，我们不能总靠搬出典籍来进行证明。就像麦田一样，繁华的前身可能是荒芜，荒芜到在漫长的时间和空间里都无人问津；当然，也有可能是繁华，曾经鼎盛一时，处处舞榭歌台。

既然麦田可以追问，那么麦田里的泥土呢？

我的目光越过围挡板，再次投向高高的淀堤。在与淀有关的角色里，淀堤一直是勇者的化身，在与淀的无数次较量中，最终成就了这片土地——手里的泥土，沉甸甸的；脚下的大地，有着难以言说的复杂表情。在淀的背景下，土地的膏腴里并非只有单纯的幸福指数存在，记忆的触角还会穿越过千百年的时光，向你描述洪水在这片土地上的恣肆奔流与汹涌涤荡。

每一寸土地，都得来不易。淀告诉我们，土地里的内容只能获取一次。当它变得贫乏时，附着在土地上的一切也将跟着变得贫乏，直到寸草不生，昆虫难觅；当它变得丰富时，将是绿树成荫，鲜花盛开，果实累累；如果有一天它被取走——当麦田里的麦子被树木花草替代，当穿梭飞舞的昆虫和枝头鸣唱的小鸟也遭到驱逐，曾经生长麦子和树木花草的泥土被冰冷的机械臂挖出，被卡车拉走，由钢筋、水泥、石子、沙子、水配比混合后的产物占据泥土拥有的空间后，将重新诠释泥土后时代的意义。

不必追究野草和麦子、树木与楼房之间的逻辑关系，也不必审视树木花草的过渡意义，在这个过程里，花草树木的生态，并不十分重要，没人在意它是野生，还是人工。在这“神”一样的操作里，从地里种出麦子，与从地里“长出”楼房，简直是异曲同工。

是的，麦子和楼房都是人们需要的，无数人参与了它们的种植过程，直接或者间接帮助泥土完成了转移。

五

这一次，我走得够远，从一个老码头走到一个新码头附近，穿过了一座城的很多细节，算是完成了一次对它的解读。

我对码头的认知，源于对津保航线的思考。这条从保定到天津的内河航线，对这座小城的影响的确称得上深刻，曾经让东关码头长时期处于一种繁忙状态，让当时的小城人长久习惯于众多船只和客商的喂养，拥有了灵敏的耳鼻和挑剔的舌头。虽然航线早在多年前中断，但积淀下来的文化还在，这既成就了它，也限制了它，甚至阻碍了它，让它久久处于一种拘囿中，难以脱身。你看，这开阔的淀面上，没有红绿灯，也没有斑马线，船可以开往任何一个方向，把握方向的人责任就会更加重大。我想，对和白洋淀有关的路，需要多一分理解，这并非水路和旱路相连和转换的问题，而是需要进行多维度思考，因为淀为我们提供了更多的可能。

我住的这座淀边小城名叫渥城，“渥”字从水，有沾润的意思，让人从心底里生发出一种欢喜。我不愿将小城北面那片隆起的区域称为新城，这不仅是出于形式上的考虑，而且对小城而言，这几十年拓展出的街道，更像是它新生的枝杈，街旁的小区、楼宇则是枝杈上的叶子和花朵。

虽然植物都喜欢阳光、空气、水分，还有泥土，但植物并非都在同一个节奏里发芽长叶，开出绚烂的花朵。芦苇要到四月才会长叶，石榴花要等到五六月份才会开放，与它们相比，急性子的桃树、杏树，此时正在孕育果实。植物的普遍性与特殊性纷纭复杂，认清它们需要时间与耐心，而认识一条街道、一座城，就需要在前面加上一个“更”字。一条街道的形成、发展和一棵树的生长一样，往往需要几十甚至上百年的时间才能完成。而塑造一条街道的个性，往往来自在这条街道上居住的人群。它的脸谱，则由街道两旁的建筑，一笔一笔勾画描摹完成。写下这些的时候，我有些茫然，因为我发现，无论是建筑，还是街道，它们的个性正在逐渐泯灭，正在走向一致。在趋同化的发展里，我不知道渥城的将来会是一副怎样的模样。

六

为了健康，晚上我会沿着街边散步。抬头所见的空间里，除了楼群，还是楼群，在亮起的窗户里，有许多人家来自白洋淀内或是周边的村镇，他们已经成为渥城的新成员。除了高度上的欠缺外，渥城的北半部已经具备了一个城市的基本雏形。在新旧码头完成更替的时间里，这里同步进行着后东关码头时代的又一次蝶变，新的融合正向着更深处一步步行进。或许，在时代的打量下，这里的融合才刚刚开始。

晚上，有时我会朝着老城方向散步，去看看那些熟悉的街道，感受一下老城散发出的独特魅力。夜色里的老城依然是热闹的，腾起的烟火气息依然可以瞬间融化你心中的那份矜持，街边的菜摊能够轻易唤醒你久别的记忆，临街小酒馆的灯光里有你深藏多年的温热表情，那几条老街的面孔还是多年前的样子，未曾老去。

每次和朋友们在老城聚会，几乎都会选在城东的那家小酒馆，熟悉的环境和面孔，没有负担的话题，几乎每次都会畅谈到很晚才散。沿着曲折的胡同走上一段仅由路灯陪伴的夜路，理理思绪，准备重新汇入域北璀璨的夜景之中。老城外的林荫路是宽阔的，我的中年已经在这条街道上缓缓走过，这条街道让我逐渐从容，能够抬头审视这里的一切，回顾发生在这里的所有过往。

我在渥城的行走，常常没有固定的方向，老城、新码头、一条街道，随机而又漫无目的。每次行走，我都在丈量渥城，虽然每次只是一小部分，我相信总有一天我会将它丈量完毕。在渥城的注视里，我的一举一动，它都十分清楚。

夜色安澜，渥城静谧。不管白天多么繁忙，渥城的夜都会慢慢回到一天的原点。我们的生活，连同我们自己，有时感觉真像是一个圆，一觉醒来，又会重新开启新的一天。可毕竟是不同了，过去了就真的失去了，没有哪一天是在重复昨日，所有的一切都在向前行去，缓慢却从不停留。渥城已不是昨天那个渥城，我们也不再是昨天那个我们，但我依然相信明天，相信未来。

槐树街和理发店

槐树街不宽，街北面仅有的一排槐树还不齐整，隔几棵就会少上一两棵，像老人嘴里的牙齿，不知道当初为什么没有补种。

小时候跟着大人们去拜年，沿着大街挨家挨户地进。热气腾腾的屋子里，一铺炕，炕上一张小炕桌，茶盘子里摆着瓜子糖块。每家的屋子都不大，进几个人就转不开了。

大年初一那天，祖父祖母坐在八仙桌两边的高背椅子上，乐呵呵地看着他们的几个孙子，一个接一个跪在小苇席上给他们磕头。祖父是个瓦匠，盖了一辈子的房，可他自己住的房子就是那么一大间，另外的几间房子里，住着他的儿孙。从我记事起到最后老房子被卖掉，院子的格局没有变过，房子也没翻盖过。祖父的高祖留下来的这份产业，到了祖父他们那代人时，已经被分割得有些细碎。家族的概念也随着血脉分支的延续，被一次次重新诠释。这个不断重建的过程，需要更为漫长的时间去跟进完成。

祖父的院落像一部史书，西南角缺的那块地方，给它打了个不规则的烙印，就像一本书被撕去了一两页，变得不再完整。这个内容始终是父亲回忆性讲述里的一个组成部分，以至于成了我回忆祖父的一个标记，只是父亲讲述的语气一次比一次平淡，甚至有了一些寓言式的味道，仿佛那是发生在别人家里的事情。父亲还说，有一年，祖父落难，经多方营救才回到家中。继而带着全家人仓皇东去，躲在运粪肥的船舱里逃往天津。上岸后，不承想又被同族中人骗去了行李，多亏族中长辈出面干预才得以在天津落脚。抗日战争胜利后，祖父返回老家，发现屋中已空无一物，房门上的锁还好好地挂着，只是房顶上多了一个大窟窿，窟窿上盖着一口大锅，屋里的东西就是从那个窟窿里被“运”走的……

我问父亲，是谁干的？父亲说，那时他还未出生，是听你爷爷说的。说话时，他的神色有些黯然，没有再说话。

如果放到现在，答案可能是开放的。可是在当时那种情况下，答案并不难想象。在物质条件极端困难的情况下，一些事情就自然而然地发生了。许多在书本里频繁出现的东西，最终只能让位于饥渴的胃肠。

总有一些事情需要被忘记，就像我们身上留下的伤疤，“好了伤疤忘了疼”，也不一定就是贬义。在我理解生活的过程里，父亲口中那些同族同宗的后人，没有多少出现在我的圈子里，生活的水流不知何时早已拐转了方向。

这些年，街面上消失的老手艺不在少数，有些还在坚持着，比方说街南边的铁匠铺、花圈店、寿衣铺，巷子里糊车马纸活和蒸面祭的。手艺要想有强大的生命力，就要有适宜生长的土壤。一棵树，一粒种子，离开了土壤，等待它的只能是变成标本。我知道“死者为大”这个词，是小时候耳濡目染的结果。经历一代代的演变，槐树街上的白事自然沉淀下它的一整套规矩。虽然近些年不断简化，但很多核心内容却不曾变更过。披麻戴孝、磕头跪拜、痛哭流涕，这些郑重的礼仪一次次诠释着孝道和对死亡的敬畏。这是发自骨子里的，不是轻易就能改变的。每个人都要经历生老病死，体味其中的芜杂。

祖母去世时，村子里还有靠乡邻出力“抬老杠”的习俗，出殡时棺材一旦被抬起就不能落地，不管多远，都要一气儿抬到坟地，否则会视为不吉利。我家的坟地离得很远，需要很多人出力才行。祖父为人厚道，父亲他们弟兄几个的人缘也很好，前来为祖母抬棺的人很多，丧事办得比较圆满。那个年代，“抬老杠”讲究的是主动和自愿。白事办得圆不圆满，要看主家的人缘。而人缘主要来自主家的人品和交往能力——别人家办事你要出力，不能耍滑头。乡邻间的交往贵在真诚，互惠互利、互帮互助这条原则之所以在当时那么重要，就是因为在那个贫困的年代里，金钱的力量还远远没有现在这样强大，像流动饭店、租赁水晶棺这类事物还要等到很多年后才会出现。如果真的没人抬棺，就会成为一条重大新闻，在小城的街巷间迅速流传。人言可畏，但也是鞭策，鞭策大家注意为人处事。

让人没有料到的是，变化突然出现了。先是用拖拉机拉棺木替代了由众人肩膀支撑的“抬老杠”，随后便捷的水晶棺租赁也取代了买冰块给遗体降温。物质条件的改善，迫使一些世代相传的行业相继退出小城，但有些技艺和生活元素依然在传承。糊车马纸活的匠人，还是原来的生活节奏；日暮时分的烧车马仪式，依然在延续。在槐树街上，那些纸糊的车马还会一次次被点燃，载着逝者的灵魂去往乐土。

如果你留心的话，槐树街的白事，灵前至少要有一座宝塔形状的面祭，面祭上龙和凤的造型栩栩如生，没有像样的面祭是不可想象的，没有女儿的人家，孙女、侄女们也会担起这个责任。总之，面祭是不能少的，它更像一种符号，是一个家族在这条街上努力存在的象征。近一二十年，祭的种类也在增加，可是用饮料、水果制作的祭依然无法撼动面祭的地位。面祭不仅代表着手艺的高低，还是孝道文化的载体。它载的道渊源很深，那曲折的尽头有着江河源头的意味。

槐树街上的店铺，最多的是卖家具的，红火时可以说一家挨着一家。所卖的家具大同小异，讲求物美价廉。我的几个书柜，都是这些店里的产品。卖家具的人，深谙生意之道，一边微笑着询问你的需求，一边介绍家具的优点，那个耐心劲儿，周到劲儿，弄得你都不好意思起来，好像不买就对不住他似的。

家具店生意红火的年头，拉脚的也多，经常是好几个聚在一起谈论生意经。有的说一上午就跑了几趟几趟，有的说一趟就挣了多少多少。他们和好多家具店都有联系，店里谈好了买卖，打个电话，拉脚的也就到了。大家互相帮衬，彼此合作，遇到大宗买卖时，几辆车就一起出动，打头的吆喝着，请行人避让，后面的紧紧跟上，一条龙似的，驶出槐树街。

家具店里的家具，早先都是自己制作的。老街里的木匠，头脑灵活的自己创业，一开始扮演多个角色——老板、工人、设计师，后来生意做大了，开始雇用木匠，在自家门店牌匾上，署上自己的名字——“××家具”。一些精明的家具商人也看中了这里，将老街上的旅馆、商店租下来，改称“××家具城”。家具店档次的提升，知名家具品牌的加入，加剧了这条街的商业竞争，一个个越做越大的门店招牌，让人嗅到了硝烟的味道。在来来去去的商业大潮里，这些家具店就像一条条船，有的触礁搁浅，有的被大浪打翻，有的依然在顽强航行。

每次经过槐树街，看到那些熟悉的名字，我都会想起那些充满烟火气的日子。它们的名字里，有这条街的味道，保守着这条街的秘密。

我去槐树街，主要是去街西头的老理发店理发。老理发店开在一栋旧楼的底层，至少有半个世纪了，理发的老师傅早没了，现在支撑它的是老师傅的三个儿子。这座二层小楼，原来是三合一设计，楼上是照相馆，楼下里间是澡堂子，外面是理发店。照相馆风光过好些年，孩子百天、周岁，年轻人订婚、结婚，一家人照全家福，有谁没在那儿照过相呢？照相馆生意红火的那些年里，饭店、商场、宾馆、邮电局、公安局都在这条大街上，后来它们有的搬走了，有的消失了，就像当年的老街坊一样。人与物的命运，在某些地方上真是出奇地相似。如今，照相馆和澡堂子早就废弃不用了，与两旁的门店相比，小楼一副寒酸相，只有理发店留了下来，而且生意一直很好。有时想想，真是时光催人老，老师傅的儿子们都快六十岁了。

小时候，父亲带我去洗澡。马上要过年了，澡堂子里的人特别多，蒸腾的雾气里，澡池子里浮着一层灰色的泡沫。头晕乎乎的，出来被冷风一吹，清醒了许多。我被父亲抱上理发店的大铁椅子，老师傅给我理了个小平头。老师傅的手宽大、温厚，轻轻按在我的头上。我记住了他亮堂的大嗓门，直到现在还有印象。印象这东西很怪，许多刻意为之的，往往消失得很快，经不住回想。

来槐树街理发的人，哪条街上的都有，干什么职业的都有，人来人往，碰面的常常是熟人。小城的理发店挺多，什么档次、价位和手艺的都有。年轻时我在别处也理过发，也有用老手艺的。记得在北边一条街上，有个师傅，当时四五十岁的样子。他的手艺很好，爱讲过去的事情，有关大稻子的记述就是从他那儿听来的。他特别怀念在槐树街国营理发店里的日子，对自己现在下岗的处境非常不满。他很愿意说过去的事情，什么公私合营啊，这个社那个社的，都是一些老皇历，不过说着说着，他总忘不了拐到对现实的不满上，将某人大骂一顿。去的次数多了，听他翻过来倒过去讲那些话，除了对他报以同情之外，也不知该如何劝他。不在他那儿理发后，他的消息也随之湮灭了，前不久听说他过世了，不由得有些感慨，一个人一旦跌入那种处境里，爬不起来，是可悲的。一个行业，一个人，都不会一成不变，兴衰更替是谁也避不开的。

受小时候理发的影响，我喜欢“先剪后理再吹风”的流程，每隔两三周就要跑去槐树街一趟。推开那道嵌玻璃的老式双扇木门，迎来的便是“来啦，坐下待会儿”的问候声，声音虽然没有老师傅那么洪亮，但轻柔的话语里多了几分温和的味道。来理发的人不用担心搞错先后顺序，当师傅面带微笑、冲你点头，你只管站起来走过去坐到那把古老的椅子上就是了。师傅熟练地把衣服领子给你窝到里面，再把大褂苫好，在富有节奏的咔嚓咔嚓的剪发声里，你可以小睡片刻，也可以和师傅聊一聊这条街上发生的事。

这么多年，理发店一直是槐树街的信息收集与发布中心。每次去理发店，我都能从理发师傅和等着理发的人们嘴里听到点儿什么。三位师傅中的老大喜欢评论，天南海北、古今中外，说得头头是道。前来理发的人中总有闲不住的，要说点儿什么。大家在彼此的信息交换里，自由表达着看法。有些看法是很独特的，在别的场合里听不到的。从这些声音里，你会感到一股股力量，像溪流般在缓缓流淌。

上一次，我听一个八十多岁的老爷子讲时事，从美俄讲到中国，又从中国讲到欧洲，政治的，经济的，军事的，一路说下去，人物姓名准确，事件表述清晰，真是让人既佩服又羡慕，不知道二三十年之后，屋子里的这些人会是什么状态，不知道这间老理发店还在不在。我问过理发师傅，他说他的孩子不想学理发，即便是学，也不会在这条街上开理发店。在这里，不刮脸的话，一个人一次只收十块钱，的确是很低的价格。而且，好几年都是这个价了。

年前，因为疫情防控的原因，老理发店腊月十几就关门了。我有事耽搁去晚了，本来想着把上次欠的理发钱补上，也落空了。欠了账，还要拖到年后才能还，心中总搁着这件事。如今，微信支付这么发达，连在街边小摊儿上买个菜都是微信支付，但老理发店什么都好，就是只收现金，让人也无奈。不过，我也理解，那三个师傅守的是过去一天一清账的老习惯。习惯成自然，就不愿意变了，每个人有每个人的活法，说不上好与不好。

不经意间，我们的生活变了很多，连几岁的孩子也成天抱着个手机玩游戏，只有这家老理发店好像还活在旧时光里，过着没有手机、没有网络的日子。走进那里，老屋子，老摆设，和几十年前一样，好像又回了一次过去。

老理发店像槐树街的一个缩影，每次去都能想起一些事情。它在关照这条街道，也在关照许多像我这样的人。

早市街

一

每个星期，我都要到早市那条大街上转一趟。那真是条大街，位于城西，有二三里长，每天被早市占据着，要等到下午一两点钟摊子全撤完，大大小小的车辆才能从那里通过。早市让那条街的身份变得暧昧，在八九个小时的时间里，早市街的交通功能被数不清的摊位和买主分解剥离。交易给那条街贴上了独一无二的标签，行人交谈时往往省略了街的名字，只用“早市”二字代替。

去早市啦？买了条鱼。答者举了举手里拎着的黑色塑料袋，还不忘晃一下。“扑刺”，“扑刺”，袋子里的鱼配合地做着动作。

早市和街，谁出现得更早一点儿，我给不出准确答案，这一点和生活中经历过的一些事情很相似，除非当时拍照、录像，再用笔记下来。比如我搬家的时间，明明记得是个星期六，翻开日历一找，却怎么也对不上。像这样在个人经历中算得上重大的事情尚且如此，其他的就更需要斟酌了。看来，一个人的回忆并不是十分准确的，一部分记忆会随着时间的推移变得模糊，只能说个大概，在叙述一些事情时，发生的时间会不自觉地被拉伸了跨度或者进行了位移。

小城这些年一直在扩展，政府规划的便民市场居民们去的人数有限。倒是清早聚在城西那条街上的早市买卖越来越兴旺，从最初的街北口一带，一年年往南扩展，卖的东西越来越全，买东西的人也越来越多，每天早上人头攒动，连邻县的商贩也有赶来参与的。一直要到中午，早市街上的摊主们才开始收摊，一边收拾货物，一边招徕骑着自行车的过路人。早市街的交通功能开始慢慢复苏，可又不能彻底恢复，就像一个角色转换得不够干净的双面人。街上残留的菜市场气味，经久不散。尤其是街北口卖水产品的那段路，路面永远湿漉漉的。街边的花池子里，老是汪着一片一片暗红色的污水。大片小片的鱼鳞，散落在池子外边，如生长出的暗色斑点。花池里半人高的冬青，瘦骨伶仃的，只剩下鹿角状的残枝。

二

梆！梆！大鲤鱼的头连续受到两次重击后，身体不再剧烈扭动，一下子舒展开来。女人把砸鱼的铁刷子翻过来，在鲤鱼身上打起鳞来。铁刷子上面钉着几排整齐的铁钉，钉子帽是刮鱼鳞的利器。这个比刀好用，不会伤手，刮鳞刮得彻底，速度还快。这是女人让自己男人特制的。嚓嚓的刮鳞声沙哑而沉重，带着深秋的微寒。鱼鳞翻飞着，有几片粘在女人的围裙上。垫鱼的板子边上，鱼鳞已堆了不少。女人的右手背上，两三片半青半白的鱼鳞粘在一起，像半朵凋零的水墨梅花。

女人打鳞的速度很快，抠完鱼鳃后，那条鲤鱼就没再进行过剧烈的挣扎。切开鱼腹的刀刃看上去并不完美，上面分布着几个不规则的豁口。女人把收拾好的鱼装进厚厚的黑色塑料袋里，抓过身边脏兮兮的抹布擦了擦手上的血，直起身把袋子递给我，冲我点点头，嘴角咧了咧。她今天有点儿忙，没顾上和我说话，转身接过男人递过来的鱼，又开始重复刚才的一系列动作。她的男人正在招呼客人，手里提着的大抄网里，一条大鲤鱼摇头摆尾，做着徒劳的挣扎。

现在我很少割鱼。记得很多年前，卖鱼的只管卖，不管割。我刚参加工作那两年，曾经为单位食堂收拾过几回草鱼，非常熟悉割鱼的流程，知道敲鱼的头要用多大的劲儿，在那个过程里，“狠”这个字并不是个彻底的贬义词。对鱼来说，敲得狠一些未必就是坏事，割鱼意味着对鱼执行剐刑，鱼无法哭喊，像一个失语的受刑者。

“割鱼也是体验生活的一个途径。”忘了这句话是谁说的了，但我深以为然。以前割鱼的时候，我绝不会手软——梆！梆！听上去沉重而凶猛，用刀背敲上两三下就可以放倒一条七八斤重的草鱼。鱼的头顶会凹下去一个坑，我当时的表情一定非常难看。弟弟曾对此提出过批评。他是厨师，有资格指点我。后来，在饭店里吃鱼的时候，我仔细观察过，鱼的头顶上都没有小坑，看来在割鱼这件事上，我的功夫还差得远。

卖大鱼的摊位斜对面，有两三个卖鲫鱼的，鲫鱼用大号铝盆装着，吆喝着卖。盆里的水不多，一条条鲫鱼半躺着簇拥在一起，金黄色的鱼鳞闪着金属般的光泽。这些鲫鱼是被网捕上来的，鳞都不全。卖鱼的多是些五十多岁的妇人，黑瘦的脸。经过这些摊位时，我会探头向盆里瞅上一眼。卖鱼的女人总会跟着吆喝一声，问一句要不要买。我当然不会动买的心思，我不愿意割鱼，尤其是这种小鲫鱼。它们太顽强了，只要肚子不被剖开，哪怕一片鳞也不剩了，还会在水盆里坚持立着，不会躺倒。电影《追鱼》里的鱼精变成人，就经历了去鳞的痛苦。那是大痛苦，那条鱼为了变成人，竟然承受住了。看那部电影时我还小，别的忘光了，只有这个记得很牢。那条鱼为什么非要变成人呢，受这个罪，鳞究竟意味着什么？

虽然我不买鲫鱼，但妻子每次上早市总喜欢买鲫鱼，满满的一小盆，要收拾小半天。有些小鲫鱼被我往外捞时，总爱沿着水盆的边沿飞蹿，尾鳍拍打出的水珠常会溅到我的脸上，看着盆里发红的血水，引得我一阵反感。鱼在我的手心里用力弓起身子，仿佛这样做有什么特别的用处，可以帮它逃离出去。手心是敏感的，我还能感到它的微微颤抖。我知道这是鲫鱼的一种本能反应，鱼在我的手心里感到了死亡的来临，是恐惧使然，正应了那句话“人为刀俎，我为鱼肉”。有时我想，我终有一日也会成为一条在命运之神手心里颤抖的鱼，只是不知那只伸向我的巨手，五指何时并拢，将我从这生命之水中擒住、拎出，更不知那永诀的过程中会经历些什么样的痛苦，是不是也要先遭遇梆梆两下重击，还是会省略这个步骤，直接面对生不如死的刮鳞酷刑。在所有动物中，只有人知道自己是一出生就奔着死亡而去的，所以承受的苦难也要大于别的动物。其实从上帝视角看，我们和那些鱼并没什么本质上的不同，只不过它们面对的是有形之刀，我们将来遭遇的会是无形之刃。有形的，无形的，固然只是刀的一种形式，但拎着刀的，说到底还是我们自己，只是许多人不愿意承认罢了。

三

我去早市街，喜欢在周六或周日早上。买上满满一车篮蔬菜，有时也买几根油条，换一下口味。这两天不必起得太早，没有周一到周五早上匆匆赶到单位签到的压力。走在早市街上，我的脚步是轻松的，随性的，不必掏出手机查看时间，更没有被手机屏幕上数字追逐的紧迫感。我可以随意停下，买不买东西都行，只要不影响摊主做买卖。而且，只要我愿意，可以一直走到这条长街的尽头。

实际上，我并没有挥霍过在早市街上的时间，一路上来去匆匆。既不往早市街两边略显逼仄的门面房多看一眼，也不会一个摊位一个摊位地逐个打量。我买东西都有固定的摊位，除非那人没出摊，才会在备选摊位上购买食材，就像我每月都要穿过四五条大街到槐树街上理发一样，这种习惯很多年来从未改变过。然而，我和那几个摊主并没有熟络到称兄道弟的程度，他们也没有给予我更多的照顾，更不会给我降低菜蛋肉的价格。但我还是愿意到他们的摊子那去，即使别的摊位不忙，我也愿意在他们那儿稍微多等一会儿。

有一段时间，卖菜的贺胖子没出摊儿。后来，他那个位置被一个卖调料的顶了上来。我打听过卖调料的和旁边的摊主，其中一个说贺胖子病了，不过他也是听别人说的，再问，就不知道细节了。一个人的细节，并不是谁都清楚。对于细节，人们只关心他感兴趣的那部分，一个普通人的生老病死，往往只是几句话组成的一小段文字，连一篇小文章都谈不上，更遑论一本书了。有的人，生在千百年前，却未曾被后人忘记，记述、研究他的文章从未断绝过，让人仰视不已，这算是一种文化现象吧，也说明人和人之间不仅生而不同，死后亦不相同。

贺胖子生得魁梧，肚子很大，粗门大嗓招呼买菜的人。他媳妇很能干，递塑料袋、装菜、过秤、找钱，手脚麻利得很。贺胖子的菜很新鲜，摊子收拾得又整齐，这都是他媳妇的功劳。贺胖子爱笑，见人不笑不说话。我买他的菜，只图他待人热诚，同样卖菜，贺胖子的话让人听着就是舒服。卖菜，贺胖子凭的是嘴上功夫，不像那边那个冷面孔，说话硬邦邦的，没个温度，也不知道他是怎么撑到今天的。

半年后的一天，我在城南意外地看到了贺胖子。当时我正站在大街边，等几辆车过去，好横穿到街对面去。一扭头，看到过来一辆轮椅，连忙让路。轮椅上坐着的像是贺胖子，又有点儿不像，比贺胖子要瘦一大圈。再看后面，推轮椅的是贺胖子媳妇，这个没问题，我能认清。他们俩从我身边慢慢走过去，往南的路是上坡，他媳妇推得有些慢。我站着没动，目送他们一步步走远。街上的车很多，车轮卷起阵阵尘烟，有风吹过，迷了我的眼睛。等我揉完眼睛，抬头再看时，贺胖子和他媳妇已经不见了。许是拐进了胡同，他的家就在这一片吧。贺胖子的病，也不知道怎么样了，能不能好起来。他们不卖菜了，以后靠什么生活呢？才半年工夫，人就瘦成那样，一个人真是禁不住什么的。

四

过了卖菜的那些摊位，街左边有一家卖活鸡的，现宰。宽大的铁笼子里，公鸡母鸡都有。有一阵子，还有几只乌鸡。我没听到过公鸡打鸣，也没碰上过宰鸡的场面，许是去的时间不对。上初中时，我家养过鸡。屋子后面是河滩，鸡是散养着的。因为食物丰富，一个个吃得油光水滑。尤其是那只大公鸡，早上飞上墙头登高一呼，引来四方呼应，那才叫一个神气。早市街上铁笼子里的那些鸡，一个个蔫头耷脑的，都很沮丧。铁笼子关住了它们的肉体，把精气神也关没了。笼里笼外的鸡，反差巨大，一个如深陷沼泽在缓缓下沉，另一个则像在岸上观景闲庭信步，不同的处境，折射出自由给予生命的巨大作用。鸡作为家禽，不可能逃脱被宰杀的宿命，去掉这个结论，笼养和散养之间还是存在巨大的差别，可如果用这些去对照在野外生活的鸟儿，又不啻天渊之别。

在堤上行走，你会听到各种鸟的叫声，杨树高枝上杜鹃“快快割谷——快快割谷——”的悠长呼唤，芦苇丛中大苇莺“呱呱饥——呱呱饥——”的强烈诉求，草丛里野鸡“嘎——嘎——”的短促叫嚷，声线里都带着几分从容自得的味道。与这些鸟儿相比，墙头上红冠子公鸡的登高一呼顿时就失去了光泽。不过，野外生存是非常艰难的，付出的代价也不是家禽家畜们能够承受的。很多年的一个冬天，我在早市街上见过摆成一排的野鸡和野兔，大概七八只，嘴边都带着血，僵直的身体保持着死前的姿态。我还是第一次如此近距离地打量这些大地上的精灵。经过漫长的进化，野鸡拥有了修长艳丽的尾羽和自由飞翔的翅膀，野兔拥有了与大地相同的颜色和擅长奔跑的四肢，它们拥有人类望尘莫及的本领，却还是抵不过一双更为狡黠的眼睛的觊觎和饕餮无厌的胃肠的惦记。摊子前站着几个人，有的和我一样，是个看客，有的打听打听价格，摇摇头走了。摊主是个黑黑的瘦子，中等个，留着一撇小胡子，坐在旁边，默默抽着烟。烟被他狠狠吸进肺里，一会儿，两道白柱从鼻孔里直喷出来，又被从他嘴里呼出的烟赶上，混为一团。烟扩散开来，模糊了我的视线，小胡子的面孔在那一刻变得有些漫漶。

看了一会儿，我随着几个人离开了。旁边一个人说，电兔子的那玩意儿太厉害了，要是人碰上也够呛……我不知道“电兔子的”长什么样，不过我看到过苇地边电鱼的船。那是一种经过改造的船，船舱里蹲着一台柴油机，轰轰地响着。一个人在船尾摇桨，另一个在船头拿着长柄的电抄网伸进水里电鱼。那东西确实霸道，只要被电到，鱼不论大小都会一股脑漂上来，任由电鱼的人用抄网往上捞，就像用笊篱从锅里捞饺子一样。电鱼的船顺着苇子地边游荡，似一个幽灵，船舱里的柴油机突突地冒着黑烟，电鱼的抄网一次次伸进水里，真像一场浩劫，再大再小的鱼都逃不掉，直挺挺的，一片浮尸。渔政部门三令五申，费尽心力，突袭，围剿，就是绝不了根。在利益面前，有的人眼睛里全是充满欲望的赤色，那赤色里蕴藏着滚烫的热度和巨大的能量。但电鱼这种营生，有着巨大的反噬力量，如果电鱼人不慎落水，往往九死一生。那几年，我风闻过几起此类事件。回想早市街上，那些年到底卖没卖过电上来的鱼，我说不清，估计别人也说不清。

五

到早市街购物，是我日常生活的一部分，也是我精神生活的需要。我离不开它。和身边的人们一样，我理所当然地享用着它带给我的便利。早市街上，那层层叠叠码放的死亡，每一份都标有或多或少的价格，这种有别于自然界的方式，维系着一种人间的平衡。

在早市街上，我看到了小商贩们的辛劳，无论我去得多早，总有已经支好的摊子立在那里。每次到早市街上去，我都能从一个个摊主的眼神中，感受到一种力量的存在，一句话，一个手势，嘴角的一抹笑意，都是。在熙来攘往的人群里，他们身上有我要找的东西。

我去早市街，不仅仅只是为了完成对食物的选择，更是为了在行走中实现对自己的一种抵达。从我踏上早市街的那一天起，这种抵达就一直在进行，从未结束。

如流

一

我住的这条街，中间路段的两边是几排别墅，一样的造型，一色的红色屋顶。它们在东头几栋高层住宅楼和西头几排平房的眼里，想必是有些地位的。我知道建筑物之间的比较其实是源于居住其中的人的判断，单纯的高度不能决定其地位的高低，“2 大于 1，但不一定会小于 3”，两层楼加上独门独院，就是最好的证明。

平房、别墅、高层住宅楼是不同年代的产物，是随着大街向东一波一波延伸而出现的。它们让我想起曾经的岁月。那些时间让我的皮肤和血管一点点老化，并和我的经历彼此印证。那些建筑让这条街一点点增长，其意义不亚于树的年轮。

街的尽头是一座新修的公园，草坪平整，树木高大，设施齐全，向人们亮出一个新的开端。公园的面积不小，植花种草所需的泥土不知从何而来。这里以前是制砖厂的取土区，无数立方的土被一车接一车拉走，留下一个个长方形的土坑暴露在阳光下，像一个个巨大的切口，也像一个长长的叙述。如今，需要同样多的泥土进行回填，像是在完成一个循环。这世上的循环真是多得数不清楚，有的就在身边，只是太过漫长，需要等到无数岁月之后才会被看到。到那时，却不是所有正巧赶上的人都能看懂。

现在已是中秋时节，阳光依旧温暖，落在脸上身上，抵消了从树荫里吹来的风的凉意。这天地间的暖，让人心怀感恩。一刹那，想起年少时坑洼不平的土路，路边的玉米地，地头的小拉车。

二

我上初中时，这条街还只是城外的一条土路，越往东走越是荒凉，路旁不是一个个大坑，就是被野草包围的坟场。我家地块最多的时候，也是母亲最累的那几年。三个半大小子，有多少粮食都不够吃。家里的地，东一块，西一块，七拐八拐，扛着锄头走一趟也要小半天。那些地的名字，北条、南条、九亩之类，用方位和面积进行区分，别的地，已经淡忘了。

掰完玉米穗，我和母亲要把玉米秸拉回家，垛成家里一冬一春做饭取用的柴火垛。地里的青玉米秸来不及晒掉水分，就被收拢起来，一下一下用镐柄磕掉气根上粘连的泥土，打成小桶般粗细的捆。我双臂抱住一捆，憋住气托放在肩上，一步步走出玉米地，走过长长的田埂，走向大路旁停着的小拉车。一趟，两趟，三趟，脚步渐渐沉下去，青玉米秸湿漉漉的，压成肩上的一座山，腰渐渐塌下去，弯成腿上撑着的一张弓。

我和母亲忙着往车厢里竖着装玉米秸，再往车辕、车帮、车尾上横着装。玉米秸很长，枝枝叶叶蓬成了小山，简直就是一座移动的柴火垛。我蹲下身子抄起车把艰难起步，一点儿一点儿离开田野走向家的方向。母亲背了拉绳走在我的前方，找好走一些的路面为我引路。小拉车在土路上摇晃扭摆着，我紧压住车把不敢走神，生怕车上的玉米秸向后倾倒了将车挑起无法收拾。母亲一路上紧走，拉绳变松时，我就知道她又该回头看了，她不放心，时不时会查看玉米秸的情况。一开始她坚持自己拉车，被我拦下了，我自认为已经长大，可以替她扛下一些生活的担子。

遥远的路途上满是坎坷，摇晃的小拉车，沉重的柴火垛，考验着我的手臂、肩背和双腿，也考验着母亲装车的技术，每一步都不轻松。

终于过了小桥，我和母亲在堤坡跟前停住歇息，攒攒力气，喘口气，定定神，准备向上冲刺。在我们拉着一辆装满青玉米秸的小拉车往坡顶上狂奔的过程中，我的父亲如天神下凡及时伸出了有力的大手。我没想到，真的没想到，那一刻，我热泪盈眶。

三

那年夏天，父亲在这条街的一处工地里给我找了个活，是只要肯卖力气就能干的那种。头天上午我搬了些杂物，下午被派去用小车推水泥砂浆（我们管这叫沙子灰）。管搅拌机的人胡子拉碴，五十来岁，姓何，大伙都叫他老何。他只管往搅拌机斗里面扔够沙子和水泥，灌些水，合上电闸就行了。我打量着这个人，觉得这活儿很轻松，要是能派给自己就好了，又不觉暗笑自己的想入非非。

能开搅拌机的，一靠资历，二凭关系——听一块来的小田这么一说，我顿时觉得这个老何不简单，连那胡子拉碴的长脸好像也有了点儿风采。老何和好了沙子灰，一扳开关，把一斗灰倒在铁板上。我们几个赶紧往独轮车斗里装灰，猫腰推了车，给那些大工们的灰斗里卸灰，卸完灰再码好砖，要好一通忙活。

盛夏的白昼好长，太阳又毒，一天没下来，我的胳膊和腿——凡是被阳光晒到的地方全红了。晚上到了家，我躺在炕上一动不想动。第二天第三天第四天怎么熬过来的，我已经记不清了。再后来，印象最深的就是饿得难受。每到下午四点多钟，我的体力已经耗尽，饿的感觉一阵阵袭来，肚子里空空的，连迈出去的脚步都不太真实。后来，我在一篇小说里看到过类似的描写，不同的是，那个人在兜里放了饼干，最饿的时候偷偷拿出来吃掉。那时，我没带过吃的，哪怕半个馒头也没有，我没想过可以那样，就那么忍着。话又说回来，我真没见别人干活时偷吃过东西。

小田和我同一天到的工地，他干这个三年多了，有点儿油了。他叫我干活别那么实诚，要悠着点。我没听他的，不想因为偷懒丢掉这份工作，我需要它。

人和人的差别，也是在那个时候体验到的。有几天，我被派去给一个姓孙的大工供瓷砖和沙子灰，他用的灰要单独和。姓孙的这个人可比小田滑头多了，不是哨闲篇儿（闲聊），就是抽烟磨洋工，前两天刚被工头剋了一次。那天下午，工头又来查看施工进度，正赶上姓孙的又在抽烟。工头一看活儿没干多少，一下子火大了，指着他的鼻子骂道，再不好好干活就滚蛋！等工头走了，姓孙的把气全撒我身上了，一边用瓦刀使劲敲着前檐，一边大声提着我的名字向全工地的人嚷嚷：×××，你利索着点儿，又没灰了，这活让我怎么干啊，明天给我换个供作的……我手忙脚乱地和着灰，望着他那副扭曲得不成样子的面孔，听着他歇斯底里的一声声怪叫，心里实在不是个滋味。这个人怎么跟我说翻脸就翻脸呢，刚才还有说有笑的。

第二天，工头又让我回来给垒墙的这边运灰码砖。我跟一个上岁数的大工抱怨。那个大工对我说，姓孙的那小子，一身臭毛病，身子骨又不强，挺爱喝个酒。他跟咱们头儿沾点儿亲戚，头儿可怜他，给他碗饭吃，他又不长进，常挨骂。没人愿意跟他搭班，你刚来，就派给他了。听他说完我才知道，这里面的玄机大着呢。

每天在建筑工地里推着车往返，夏天的烈日无遮无拦，将我晒成了酱紫色。干活的时候，我的心里是空的，装不进任何东西，许多熟悉的词语飘在虚无的空中，慢慢升高变得更加虚无。过一段时间，我会抬头看一眼太阳在天空中的位置。当它位于正南和正西时，我就可以扔下手中的独轮小车回家吃饭了。在干活的人眼里，吃变得格外重要，能吃就意味着能劳动，能活下去。

四

我们推了根一个人搂不过来的松木，到街边的木材加工点儿放板子（把圆木切割成木板）。那时，这条街还没有一点街的样子，除了十字路口附近盖了两三所房子外，路两边还是田园风光。

木材加工点离十字路口很近，孤单单的，没有围墙，也没有像样的厂房。空地上码着两堆原木，一圈一圈的年轮，暴露出大树一生的秘密。年轮的中心位置，都用粉笔写着两位数的阿拉伯数字。那些密密麻麻的数字，很像等待破译的密码。

前来排队放板子的，有赶车来的，也有像我们这样拉车来的，从工棚前一直排到了空地外边。那时候，盖房用的柁檩门窗，结婚用的家具，都是木头的，近乎约定俗成，用什么样的木头则由自家财力决定。那时候，人们用的木头都是原生态的，没有添加了化工胶黏剂制成的板材。那时候，木头虽然紧缺，却又是那么普遍，谁家请了木匠师傅，都要管烟管饭，工钱又高，他们是乡里很受尊敬的人。

我看着松木，饶有趣味地倾听着从工棚里传来的重一阵儿轻一阵儿的电锯声。从小到大，排队是惯常了的。好在每户放板子需要的时间不是特别长，看上去长长的队伍实际上也没有多少家。

我没见过放板子的机器，那强劲有力的嘶嘶声，像是从一头怪兽嘴里发出来的，做着进攻前的准备。父亲他们几个一一看过回来了。我也跑去看。一根五六米长的松木被固定在工作台的铁架子上，从上面放下来的两个铁钩子牢牢扎进了松木的皮肉里。粗大的松木缓缓移动着，薄薄的松树皮带着少量的木材被带锯齐刷刷地片了下来，那感觉就像在切一块豆腐。工人们一次次调整着切割的间距，带锯不停地发出刺耳尖利的叫声，仿佛那是头被送上屠宰台的肥猪。扬起的木屑纷纷抛洒着，似一场对树木生命的悼念或者颂歌。

还差一个就轮到我们了，突然，带锯像猛然刹住的车轮，发出令人惊惧的一声尖叫，嘎的一下，四周陷入可怕的死一般的寂静里。猛的，工棚里爆出愤怒的骂声——那家放的是一根老料，里面藏着的一根铁钉打了锯齿。

那天，我们很晚才回家。超长时间的等待让心绪变得一片泥泞。总有未知的事情等在前面，让即将到来的希望瞬间陷如泥沼。

几年后，我和父亲又放了一次板子。这次很顺利，没有排队等候的人群，也没有出现岔头，不过，放板子的地点移到了城西外一条偏僻的路边，放板子的师傅也换了。再后来，连那个木材加工点儿也不见了。它们都被兴起的铝合金门窗和新型组合家具击败了。

从那往后，原木就从我的世界里消失了。它被碎片化，甚至颗粒化了，很快以另一种面目、另一种身份重现人间。我从新买的沙发、床铺、衣柜身上找到了它们的身影。一次，我吃惊地发现，被磕掉漆皮的红色七巧板的一个角，露出的不再是细腻莹润的木质的洁白，而是经过复杂工艺处理后的木屑颗粒板特有的深灰色。那种色调里，透着难以言说的黯淡。

五

一小拉车青涩的玉米秸，一轮滑向天边的太阳，一根写着数字的原木，这些清澈的记忆，对我来说越来越像是谜一样的存在。

我在公园里遛弯时，听着小鸟雀儿的叫声就会慢慢停下脚步，思考它们为什么这么快乐。在它们欢悦的叫声里，暮色越来越浓，萧瑟与寂寞也跟着重了起来。一抬头，前方商厦大楼顶部的霓虹灯线开始不停地闪烁和流动，不远处，街旁的路灯刚好齐刷刷地亮起来。

一个新的生活时段正式拉开序幕。在强劲的快节奏的音乐陪伴下，一群人挥舞着手臂，扭动着腰肢，晃动着臀部。在女人们的天下里，有两个男人在角落里作为陪衬存在。在音乐的律动声里，人们的动作一致，性别被忽略不计，那两个男人跳着如此阴柔的舞蹈，竟然产生了奇特的效果，让人觉得有些不可思议。几个男孩子在队伍里钻进钻出，互相追逐，对此有着浓厚的兴趣。看不出他们的母亲是谁，没有人制止，也没有人关注。

已说不清这条大街什么时候进行的拓宽，只模糊记得有一排临街的平房被拆掉了，后面的房子刚露出脸没几天就被扒掉重盖，像一个发迹的人不顾旧情离婚另娶。街被拓宽了一倍以上，但宽阔只属于深夜，也只有深夜才能让这条街的本来面目完全显现出来，白天，大街上总是车满为患。

那个木材加工厂，临街建起了对外出租的楼房。东边那座烂尾楼，还有离它不远的另一个旧工厂，也得救了。经过精心装修，一个成了享誉小城的金牌大酒楼，另一个变身成为高档幼儿园。前面很多年，它们一直落寞地看着街上的行人，既没有门窗，也无人理睬……

持续发生的改变，让有和无直接发生逆转，意料之中和意料之外也在相互成全。数不尽的人与事纷纷涌来，将曾经的荒凉彻底放逐。最东面的荒地上矗立起小城最大的商厦，连成片的土坑里冒出一栋又一栋高层住宅楼。大街两边的店铺已全部就位，准备大干一场。这边在搞 24 小时营业，那边的线上购物办得风生水起，两个涮肉店隔着一条街打起了擂台赛，药店们总爱成双成对地靠在一起，就连单打独斗的小吃店也变着花样搞促销，送外卖的骑手们聚在便道上，热烈地聊着生意，他们的电动自行车跑得比风还快。

六

我从没有想到一条街道会变得如此庄严。经过统一装修，街两旁的建筑，好似两列着西装戴领结的服务生在举行列队欢迎仪式，个个脸上写着郑重，不苟言笑的嘴角不自然地微微弯曲。

在街道如此宏大的气场面前，我感觉自己好像是个外乡人。我开始怀念从前那些稍显杂乱却烟火气十足的日子，特别是夏日夜晚在街边的烧烤摊上，喝着啤酒撸串的烟气腾腾、率性随意的时光。它们开始波光粼粼地闪现、生长，一点点向我伸出枝叶。

现在我所看到的，就像我曾经在某些村子看到的一样，明明是真实的，却又只像是真实的一部分。在一些街道的墙面上，一幅幅精美的图画，盖住了原先那些精练的短语。一层层色彩遮盖住墙壁最初的颜色，让整个村庄的外表变得越来越复杂。我也想过关于遮蔽的话题，探究过遮蔽背后的深层次原因，不过，我还是认为，连遮蔽本身也只是生活的一部分内容。过于强调或者夸大遮蔽，对于生活或者个人而言，这种行为本身也是一种遮蔽。就像徘徊是一种形态，弯曲和笔直也是。在我一步步留下的脚印里，去的，来的，已经无法计算，无法分辨。我能追上什么吗？我们还能往回走吗？

以前，我习惯将过往看作一条线，可回忆出的只是几个点。这些点表面上看来是由记忆决定的，实则只是心灵的镜像。它终会在某个瞬间，经由某个场面的某些元素触发，清晰地浮现出来。

岁月不居，时节如流。我住的这条街道，枝枝杈杈还在生长。我相信，我会看到时间让我看到的一切。我也知道，一切都还来得及追问。

冬至的夜色

老十字街口往南，在早早落下的夜幕里，除了一辆辆驶过的小汽车，几乎再也见不到什么行人。伴随老街的，只有一盏接一盏向南延伸的路灯。

老街的尽头是白洋淀上的老桥。桥上的路灯真亮，堪比中秋满月洒下的清辉，可以看清手心里的纹路。一盏盏路灯，直似那舞台上的照灯，将桥底下的一小片苇丛用光拢住，给白日里枯干暗黄的芦苇赋予奕奕的神采，脱胎为换装后准备登台的模特。

出离了路灯光的范围，桥下的夜色里裹藏着数不清的芦苇。苇地边的壕沟和稍远的冰面上，交错着或亮或暗或浓或淡的光影。越过它们，是更为混沌的夜色，将你的视线一点点吞噬干净。夜的白洋淀，黑魆魆的白洋淀，用荒野般的沉寂和肃穆、安静和博大将我团团包围。

西边，远远的，一长串闪烁的灯光从夜幕中透了过来，浮起在那沉寂的芦苇的荒野之上，我知道，那是前些年建成的第二座白洋淀大桥，此刻，桥上也亮着同样的明灯。此时的新桥和老桥，彼此之间白日里熟悉的距离，被夜的力量拉长了，多了许多生疏的意味。这意味，像是在暗示，又像是在提醒着什么。

忽然，桥面上投来两道刺眼的光束，瞬间在我身旁的虚空里凿出一条微微跳跃的光路。一辆小汽车如同骑着扫帚的魔法师，带着隆隆的雷声从桥面上极速飞过。不断跳跃的光束迅疾刺穿这夜的重围，在骤然而来的一阵目眩里，我感到大桥也在微微地颤动。

一道又一道光束继续鼓动着这明亮的跳跃。此刻，似乎只有桥下的芦苇不为所动，它们是夜夜见惯了这景象的。我必须承认，人类很了不起，许多年前就建造了这么长的桥。此刻，桥上是热闹的，但热闹着的，也只是这一线闪烁的车灯罢了。我不知道，在远远的西面，另一座长桥上，此时是否也有一队夜行的汽车疾驰而过。但在这寂静的夜的白洋淀面前，车灯的光亮终究是单薄的。

今日冬至，在这夜色如此深沉的白洋淀上，伴着我的，是老桥、芦苇和路灯的亮光，还有白洋淀上微微亮着的星子，以及高远而神秘的夜空。夜空是那样辽阔，笼住这世间的一切。

大桥两边，隔一段路就有一两棵大树的树梢从桥栏外面冒上来。在一棵树梢上，挂着一蓬灰白的蛇蔓秧，像一个乞丐头上披着蛇皮袋子，颤颤地瑟缩着。桥底下不远处，有三间塌了顶的红砖小房。房子旁边，是一块曾经被开垦出来如今又撂荒了的菜地。许多年前，这里养过柴鸡，利用直通桥栏边的吊索向过往的行人售卖过鸡蛋。如今，桥边那个支撑吊索的铁架子还在，只是不知这屋子的主人去了哪里。在苇丛的包围中，在桥下恍惚的灯影里，这几间破房子只不过剩下一些荒寒的意味罢了。唯一不能忘的，是曾经坐在车里一瞥之下的短暂情景。那时，白洋淀人忙着在淀里围栏养鱼，忙着围埝造田，到处都是一片忙碌的景象。

前面就是桥头所在的南堤。堤下的河水还没有结冰，如镜的河面上倒映出一扇扇窗子，它们是那么相似，每一扇窗子里都透出一方静白的灯光。我知道，窗子和窗子是不同的，每一个望向窗外的目光，闪烁着不同的思想，看上去相似的窗口里闪烁着不同的梦。窗子，隔开了夜的黑，也隔开了夜晚的星光。

看了一会儿，我调转自行车准备往回走，一抬头，不禁愣了一下。淀的北岸，远远的，仿佛童话般矗立起一座色彩亮丽的城堡。在这幽暗荒凉的夜的白洋淀的衬托下，一栋栋身披五彩霓虹、线条亮丽的高楼，如一群群衣着鲜丽的模特，站在舞台的各个位置上摆着造型。白日里那些矗立在小城各处的高层住宅楼，此刻竟是如此华美。与我在高楼顶层上对整个小城夜色的俯瞰相比，今日的远眺要壮观出不知多少。这好像并不仅仅是视角的问题，连“只缘身在此山中”也无法完全说服我。

我开始用目光搜索，我想看看我住的那栋楼，它一定就立在那群楼中间，但我不能确定哪一栋是它。那些楼，形状太过相似，一旦被夜色剥离掉颜色，就很难被一眼认出。这些楼群，多么像一张张纵横交错的网，每个网格里，都住着一户人家。这些年，不知有多少人心甘情愿地从白洋淀内和周边村镇里走出来，钻入这由一张张网构成的小世界里。我们这些网里的人，虽然彼此离得很近，但感觉上是陌生的，像隔着一层什么似的。

月亮还没有升上来，从出城到现在，空中只有微茫的星子在闪烁。在小城的高楼里，我们还需要月光吗？即便是有，那又会怎样呢？街道两旁和很多楼房披挂的霓虹灯线会一直亮到深夜。

起风了。桥栏边的树梢在风中孤独地摇摆着，桥下的芦苇也变得不再平静，开始动摇起来。

我提前结束了这次夜游，骑上自行车用力蹬起来。很快，我又回到了淀的北岸，重新融入了小城里的世界。

以后的很多日子里，我始终无法忘记冬至那天的夜色，无法忘记在白洋淀老桥上的感觉，但我无法调出哪个词语给它以准确的表达。有时，到了深夜，或者难以入眠时，我还会想起这个问题。

街边的树

街边的悬铃木长起来了，一树一树高大挺拔，舒展的枝条上，浓绿阔大的鹅掌形叶片在风中频频向你挥动。它们已经成为这条街上一道靓丽的风景，从它们身上，你可以看到一份带着自信的微笑，一份涅槃重生后的风采。

悬铃木刚被栽下时，主干上穷得连一根小枝也没有，像一群身无分文、赤手空拳到城市来打拼的外乡人。从冬天里被种下，到顶端分出细细的枝条，足足用了小半年的时间。在那段时间里，悬铃木是寂寞的，看不到生机，也没有变化，要不是它的树干还呈现出青绿的色泽，还能给人带来一丝安慰，真让人怀疑它们是否还有春天。终于，在悬铃木的顶端，那被截断的地方，发出细弱的幼枝来了，每一条嫩枝都那么弱小，轻轻一碰就会掉落下来似的。后来，幼枝上那些可怜的小小的叶子忽然变大了，它们连枝带叶迅速膨胀起来，嫩生生绿莹莹的好大一团，简直就像给孤独的“木棍”顶上镶了个由嫩叶攒成的大球，一个大号的绿头火柴棍儿，一个瘦长的字母“ｉ”，要多滑稽有多滑稽。看久了，又觉得它有点儿小可爱，毕竟是生命啊，一个由绿叶攒成的大球，那么新鲜，那么明亮，闪着光泽，亮着你的眼睛，让你舍不得去看别处，就这么不转眼珠地盯着它的那些幼枝和新叶，想象它们以后怎样长起来，怎样一点儿一点儿长开去，慢慢占据上面这些巨大的空间，真是有些让人觉得不可思议啊。过些日子再遇到，那些幼枝又长长了些，它们已经开始向着四周寻求发展，有意识地拓展自己的空间了。渐渐地，每一片叶子，能有一个成年人的手掌那么大了。它们在向你挥手，向你鼓掌，让你相信它们的未来。你也会受到它们的感染，点点头，嗯，一定会的。

看着这些硕大的叶片，我知道这是悬铃木的梦想——做一棵伟岸的行道树，一手托举烈日，一手洒下绿荫，为每一条街道送上一分美丽，为每一次呼吸送上一分清纯——它把所有的力量都倾注到了每一片叶子上，希望有一天，这些细小的枝条长粗长高，傲然挺立在这人来车往的街头。

不过，它们距离长成真正的行道树，还有很长的路要走，还要经历很多的磨砺。它们要学习适应那些苛刻的管理规则，要接受一次又一次的修剪，为了避开线路，躲避建筑，不影响车辆的行驶和行人的通行，它们都要做出让步和牺牲，献出自己的枝丫。看看街道边的那些柳树、槐树，哪一棵树不是伤痕累累？这种受到限制的生长，将会伴随它们的一生，成为它们生命里的常态。

一次，我看到工人们正在修剪政通街的槐树。政通街的宽度介于大街和小巷之间，街两边的槐树距离适中，梢头的枝叶在街心上空相互交错，每年开花时都能形成一道美丽的长廊。经过大幅度的短截和疏剪，街旁那两列高大舒展的槐树变得矮壮疏朗，街中心的视野一下子被打开了。只是不知道，变得疏阔的政通街，要经过几年几月，才会重现夏日槐花在街心上空交错绽放的情景，或许，那样的景色永远不会再有了。

不仅仅是悬铃木和槐树这些行道树，行道树下花池里的冬青、红叶小檗、小叶黄杨们，它常常会在电锯的轰鸣声中，被修剪成长方体、球体等各种造型，好似理发一般，变得中规中矩，整齐划一。每年清明节前的冬青是最好看的，新发的一层叶子油绿绿嫩生生的，让人忍不住想摸一摸，那种质感只有婴儿的脸蛋才能比得上。冬青的新叶并不会齐刷刷地长高，这关乎植物的生长本能，和人类个体的表现极为相似。过不多久，一些枝叶开始冒头，蹿起老高，冬青墙体变得参差不齐，不得不再次进行修剪，以抑制它们旺盛的生长力。嗡嗡的电锯声里，新枝新叶落满一地，让人看着心有所动。在一刀切的管理模式下，冬青的自由生长是不被允许的。

一次路过老城，偶然看到深巷里伸出墙的冬青枝条，我才知道冬青是可以长成大树的，这着实让我惊讶。可能是我见惯了花池里冬青低矮的模样，才无知地认为它就是那种样子吧。究竟是冬青被剪枝后能分蘖出更多枝条的功能将它带入如今的格局，还是该赞扬人类无穷无尽的探索与改造能力呢？

如今，大树进城早就不是什么新鲜事了。新建的大街旁，移栽的高大银杏，还在依赖着支撑架的保护。因为体量过大，一场大风让这些被刮倒的大树成为人们关注的焦点。大树进城让我们对树的态度变得有些冷漠起来，不再过多考虑一棵树的生存状态。长了几十年的大树，被机械臂刨出来，装进大卡车里，运到街道旁、小区里，有的活了下来，有的则不幸枯死了。在村子征迁、小区改造中，很多活了几十年的树，因为够不上被保护的条件，被连根铲除。这些与人相伴的树，连同树上的鸟，一起从人们的视线里消失了。

这些树所经历的，也许正是人类将来需要学习的课程。在人和树之间，有些东西正在被打破，也有的正在被重建。一座城，需要在人与树的逻辑里，认真寻找彼此依靠和支撑的力量。

在小城岁深日久的年轮里，正有人在谋划多年后的图景。在有关悬铃木、银杏树、槐树、柳树的缥缈往事里，人与城在一段时空的交集中，会氤氲出一种关于树的温情。这道风景线的构筑，需要从一棵棵树被宣新塑造开始。你看见槐树、柳树被修剪后留下的那些疤痕了吗？它们已经成为树的生命里最为坚硬的部分。也许只有伤痛，才会造就生命的坚韧与顽强。

这些街边的树，或许只有成为人类眼中的风景后，才会生存得更久一些，才有可能遇到自己的晚年。我希望街边的悬铃木长得更加高大一些，也希望每一棵银杏树都能尽快长出新的叶子。银杏，你们既然来了，就努力适应脚下的这片土地吧，和我一起做小城的守望者。

接连几日的和煦阳光，一扫前些天的阴冷，花池里的泥土渐渐泛出水汽。抬头望去，街边的树，裸裎的枝干上，枝枝杈杈向上弯曲着倔强的姿态，完全是一群硬汉的形象。这些树终究是不寻常的，它们没有过多在意那些伤害，只知道在被伤害处用力长出新的枝叶。这些树是可敬的，哪怕第 N 次被截断枝干，依然不会停止对生长的渴望。这就是生命的力量，它让每一棵树都变得无比坚强，让那些曾经伤痕累累的枝条，在春天来临时重新绽放出生命的光彩。

此时已近惊蛰，用不了多久，街边的树又该发芽了。

卷二

重置

M：

上个月，我终于做出了选择。想想当初，我是多么热切，多么努力。看着墙上的一块块奖牌，我想了很久很久，是时候对自己进行一次重置了。

办公橱里，放着这些年积存的各种资料。单位每年都搞活动，这很正常，如果不搞活动，怎么体现工作业绩，年终总结又怎么写呢？可是最近几年，一下子冒出这么多活动，几乎快到了天天搞活动的地步，真让人受不了。单位的绝大部分活动，都是根据上级有关部门的要求搞的。有些活动是重复的，问题可能出在上级的上级，甚至更上级。一句话，管理部门之间缺乏沟通。每次活动，从计划到实施，牵扯到方方面面，需要投入大量时间、人力、物力和财力。每项活动结束后，需要整理出一套资料，存档备查。这些资料整整齐齐地码放在橱子里，浸透着不知多少人的心血，耗费了不知多少人的时间和精力。时间和精力，多么宝贵的东西啊，就这么被占用了，让人看着心疼。大凡这类活动，都有很强的时效性。检查结束后，资料被放入橱子里，不再被人惦念。也许是忙碌，也许是怠惰，我没有整理过办公橱。整整两大橱子资料，我不是不想整理，只是缺乏动手的勇气。我还是无法面对自己的过去，它们浸透了我的心血，要处理它们，我会感到疼痛。我有时想，现在的活动是不是太多了。我不止一次听到抱怨声。我们需要重新思考开展活动的意义，思考它们发挥的作用。人们都在批评浮躁，却又不得不去面对现实，在无奈中一次次对自己进行阉割。我们每个人，都在为生活奔波，在风里雨里摸爬滚打，承受着来自生活各个方面的压力，面对的又何止是活动与检查那样的一些琐碎纠缠。我只是觉得，一个人或者一个单位，如果整天疲于应付这些，长此以往，又该如何保有充沛的精力，去激发自己的工作热情，开拓新的局面？面对繁杂的事务，“平和”该是一个多么宝贵的词语。我们都会说“过犹不及”，都知道事情做过了头，会出现副作用，会影响到发展，但谁来纠正它呢？又怎么纠正？无论我们做过什么，办公橱里那一摞又一摞被打印过的A4纸是无辜的，它们能被留在橱子里也是幸运的，因为不知道有多少张A4纸没能留下来。中途被扔进垃圾桶，这也是一种宿命。如果能将它们重新变回一张张洁白平整的打印纸，该是多么动人的情景。每一包打印纸，都有不凡的来历，它们的前世，可能是一棵树，也可能是一棵草，曾经都是一个个鲜活的生命。在它们生活过的树林里，有鸟儿在歌唱，有蝴蝶在飞舞。一包打印纸的命运，确实关乎一个十分重大的问题。

微信时代来临后，单位的事情比原来增加了不知几倍。微信的介入，大大丰富和便捷了人们的生活，也将工作效率提升的问题一同抛了过来。各种微信工作群如淀边芦芽一样从手机里冒出来。从起床到入睡，消息多如蜂群。这些工作群大致呈三种状态：置顶的，不断沉浮变化；中间的，被我设置成“消息免打扰”模式，保持静默；还有一些群沉入底部，早已被群主遗忘，成为弃儿。这些群，犹如这个社会的镜像，也是我复杂心境的投影。说实话，微信群让我爱恨两难，如悟空戴了金箍，走向皈依的长途。微信群更像巨型海怪伸出的一条条触手，时刻不停地缠绕你、撕扯你，让你感到无力和疼痛，深陷其中却无法自拔。

俗话说“上面千条线，底下一根针”。在不同的层面上，每个人都是针与线，双重角色体验着双重感觉，线的快意，针的痛楚，在身体里游走。被千条线洞穿身体的滋味，只有当事人才有资格发言。

M，我这次的体检报告单上又多了一个小箭头，让我很郁闷。这几年，一些体检数值就像亮起的黄红两色信号灯，频频闪动，提醒我注意，该刹车的要刹车，该转向的要转向。在生命这条跑道上，多的是岔路。和岔路相伴的，往往是各种诱惑。医生肯定比普通人更明白这些，但常看到一些胖胖的大夫。看来对付口腹之欲，并非嘴上说的那么轻松。这几年，我的血糖数值如芝麻开花，与上限值平起平坐的趋势已经开始明显；最近几年，甘油三酯一直居高不下，始终一副倨傲的表情；高密度胆固醇和低密度胆固醇这两个家伙，还在倒行逆施，该高的高不上去，该低的低不下来，简直让人无语；这次，不知尿酸是怎么搞的，竟然超了好几十，好像当头一棒打得我直发蒙，我根本不知道问题出在哪，像动物内脏、海鲜、啤酒这些，并不是我喜欢的，平时很少享用。这几年，为了让这些小箭头消失，我一直在努力，但结果总是让我失望。我自认为还算是一个有自知之明的人，在饮食上还算比较自律，每周也有几天会沿着街边行走，甚至，会隔几天称一称体重。但手里的体检结果告诉我，我做得还很不够，还没有将决心完全彻底地落实到整改措施和行动上（对不起，写习惯了）。我明白，健身贵在坚持，我会努力的。这也算是促使我对自己进行重置的一个原因吧。

M，还记得我们一起上学的时光吗，现在全成了一片灿烂的颜色。那时候，我们骑着租来的自行车去郊游，一天能骑一百多公里，要知道，当时可没什么运动自行车。可是后来，特别是成家以后，我何曾将健身摆上过重要位置。在不为健康担心的那些年月里，我只为一个又一个所谓的目标奔波着，为得到而得意，为失去而失意，忙忙碌碌间全然忽视了身体的变化。我的脑供血不足症已经有十几年了，时不时头晕头疼。直到有一次，两三天都处于昏睡状态时，我才下决心去看中医。预约，就诊，煎药，服用，这个过程重复了好几次。经过半年的治疗，这些年基本上没有再犯。对此，我感到庆幸，对我而言，这特别像是一次为我重置健康的过程，但我非常清楚，它不会像重置系统那样，让我恢复如初。

医生嘱咐我的话，后来被我渐渐淡忘，同时淡忘的还有“日出而作，日落而息”这类古训。去年秋天的一个晚上，我的右耳上方突然出现一只蝉的鸣叫。那只隐身的蝉在我耳边大声嘶叫了整整一晚，吵得我心烦意乱。糟糕的是，第二天早上醒来，那只蝉还在叫着。我意识到不妙，看医生才知道是神经性耳鸣。一段时间后，我放弃了治疗。在网上，我看到“不可逆”这个触目惊心的词语，我知道我将与这只隐身在虚空里的蝉共度余生，一种无望感油然而生。如今，它和我多么亲密啊，无论我到哪儿它都寸步不离，从白天到夜晚，无时无刻不在为我高声歌唱。这次，上帝没有为我重置右耳的健康，他保持了沉默。

俗话说“人过四十天过午”，人过五十又会怎样？我很清楚，我不可能回到十几年前的那个自己了。我需要认真对待自己的肉体，保障它的健康。我还需要将关乎生命、生活、工作的一些问题想明白，对其中的一部分内容进行处理，该简化的简化，该删除的删除，为自己另一种生命形态的生长开拓出一些空间。

M，你知道的，我上学时就喜欢文学，可惜参加工作后就断掉了。先生存，再生活，这没什么好说的。十几年前，我认识了许多文友。大家只为喜欢而喜欢，这有点儿像二十世纪八十年代，当然，我只是说有点儿像。再后来，作协成立了。它像一个温暖的港湾，又像一条宽广的大河，我们这些人则是一条条小鱼。这么多年来，我被生活的洪流裹挟着，一直在随波逐流。其实生活一直在给我提供很多种选择。这次，我认为我找到了一条精神救赎之路。我想到这条河的上游去看一看，看看那些清澈的源泉。我必须往回游了，我确实踏上了一条考验毅力的长途。要想游回去，还要有强健的体魄，以应对风雨艰险，要能向上跃起，在激流的冲击下跃升一个又一个高度。这有点儿像爬山，又不全像，但只有通过这种方式才能到达一定的高度。这是生命的旅程，更是对我的精神的一次重置。在湛蓝的天空下，我愿做一条向上游泳的鱼。

隔岸花

昨日路过城东小学，小河对岸那株高大的泡桐树上，桐花已然凋落不少，新生的小叶子正在伸展，估计过不了多久，就会绿满枝头。

冀中的立夏时节，还远未出现“绿树荫浓夏日长”的景象。杏花桃花海棠花开过，仿佛还是昨天的事。春天里的花是看不厌的，流连着，倏忽间，又一季春就要过去了。

前些日子，桐花还是那么繁盛，一树紫色、白色的花朵沉静绚烂，纯粹得掺不进别的颜色。泡桐树身躯高大，离近了需仰起头看。受了花的感染，连春天也变得明媚。别的季节里，泡桐沉静，唯有在春天里如此温柔，连那斜弯向上的枝条都生出几分妩媚。

今天是五月四日，也是那年我的毕业离校日。那天的情景至今还记得，心中的焦虑也记得。那时，我还不懂如何做一名教师，充斥着茫然和无措的情绪。只觉得三年的求学时光何其短暂，前路又何其漫长。如今，回望走过的路，已浑然无迹。当年龄与岁月将要完成新一轮更替之时，前路愈加迷离。

离开学校后，昔日同窗天各一方，多少年未曾有过音信。后经多方努力，同学们终于实现了聚会。聚会的地点，自然选在母校。二十年的时间，改变的也不仅仅是我们。坐在三楼崭新的会议室里，听着班长沉稳的话语，脑子里在不断打捞着小礼堂、甬路、教室，以及教室东边两棵泡桐树的身影，尤其是那两棵枝叶繁茂的泡桐树，带给我们多少关于花朵的记忆啊。

匆匆一别，归来已无少年人。这个胖了，那个瘦了，有的实在认不出了。手里泛黄的毕业合影照，也不能还原出我们当年的样貌了。

那天的聚会很热闹，但并不圆满，一些同学有事来不了，还有一些人如断了线的风筝飞远了。我的一个同桌，大我一两岁，懂的非常多。我那时说话有些偏激，有时明知说不过人家，也要狡辩三分。我的同桌见我喜欢抬杠，就想用道理把我说服。我有时心里服了，嘴上却不承认，继续找出一些歪理让辩论持续下去，一个晚自习就这样过去了。聚会时，与她同县的同学说，她去了北京，再没联系过。还有一个同学，个子很高很瘦，黑黑的脸庞，戴着眼镜，很爱学习。听说，毕业后，他又参加了高考，上了大学，留在了大城市……

一件件往事，因了一个表情、一首歌曲、一件物品，埋藏于记忆的深处，又因了一句话、一杯酒、一段旅程，一一被想起。

撑了伞，走过青石板路，看三月里的小雨，淋湿写有“天下第一州”的高大过街牌楼；骑了车，沿着山路，看溪水流过高高石壁下的河谷……

一转眼，又是十几年过去。其间，又聚了几次，但那几个座位始终空着。这才明白什么叫作缘分尽了。缘聚缘散竟这么简单，像海边的潮来潮去，非常轻易地就将沙滩上走过的印记抹得干干净净。

城东小学前的小河，水面上闪着波光，两岸生着春草，时光不声不响，却无可阻挡。天地不言，逝者如斯。那一年夏天，在我进修的保定市中小学教师培训中心，校园里还保留着原高阳师范学校从前的样子。就在那里，我听到同来进修的校友谈起我的母校涿州师范学校被拆的消息，那一刻，我的心紧了一下。母校这棵老树，还是被连根拔了起来，我们这些鸟儿，以后再也飞不回去了。

回想毕业离校那天，学校里的泡桐树还在开花。离开时望向它的最后那眼，竟成了永恒。这么多年过去，河边的那棵泡桐树依旧年年开花，不减昔日美丽，而我却一年年老去，终有那么一天，会无法到这河边上来。也不知到那时，这棵泡桐树还在不在。

上学时读《红楼梦》，很长一段时间里痴迷于书中的诗词，流连于《葬花吟》的凄美意境。而今，只有独对满树桐花时，才会想起在教室东边泡桐树下的美好时光，想起在涿州师范学校里的一千多个日日夜夜。当时的我们，正是春花烂漫的年纪，即将走入人生中的立夏时节。而今的我们，已步入生命里的秋天。那时的学生，已成为教师，而我们的教师，又在哪里？

原先以为，只有经历了才会懂得。殊不知，有些句子早已被前人写好，只待你来翻阅时进行印证。每个人都时时站在十字路口，而与路口相通的道路却远不止这几条。那一年，我选择了通往中等师范学校的路，后来我才知道，我只是抄了一段人生的近路。一路走来，我蜕变成一颗小小的筑路石子，在生活的考卷上，写下了自己的答案。如果让我重新选择，我不知道会不会用橡皮擦掉那些写下的答案。我知道，有些事，不能放弃，有些人，不能忘记。有时一次挥手，便成永诀，近乎生死。

春天的很多日子，总是伴着落花。慢慢地，自觉不自觉地，我的目光开始从枝头的那些怒放者身上移开，落到地上那些飘零者上。一瓣一瓣，凋落了多少曾经的繁华与热闹。

曾经，我们也都拥有过的啊……

可终究不一样了。年年春来，年年花会重开，年年让人充满期待，让人心中闪过那段美好时光的倒影。

望着对岸，忽然有种莫名的感动。隔河而立的那棵泡桐，有如神祇一样高大，静立不动。

遇见槐花

天阴阴的，不时地落着两三点雨。骑着自行车匆匆往家赶，一瞥之间看见人行道上落着一小片槐花，在路灯下现出染了淡淡黄晕的荧白。开花的是棵小树，不太高，有些单薄。这条路上，再没有其他的槐树，不知为什么，把它种在了这里。

这次偶然的相逢，被我记在心里。回去的路上，看到大街两旁有那么多的大槐树，高高的枝条上汹涌着数不清的花骨朵，却没有一朵在绽放。它们好像都在等待一个命令的下达，没有谁敢越雷池一步。

那样一棵小树，让我记住了槐花开放的时间，那天正好是六月的最后一天，距离小暑节气还有一周。我知道槐花开在夏天，却未曾留意过它们具体的开放时间，每次都是等人行道上铺了一层槐花瓣的时候，才会醒过神来。这么多年，粗疏早已渗入我的生活，渐渐让我失去见微知著的能力，对生活中的许多细微之处视而不见。在我心中，或许知道槐花开在夏天也就够了，也可以这样说，生活本来就是这样的。

那棵提前开花的小树，让我注意上了那些繁密的花骨朵。仅仅四天过去，大街两旁所有的槐树就都比着开花了，一串一串细碎的槐花，从深绿的叶丛中浮上来，白色里透着一种晶莹的清幽。每棵槐树都变成了满头珠翠的美人，神采奕奕，朝你微微笑着。

早晨经过政通街，看见微黄如玉的槐花瓣铺了一地，让人有些不忍落足。这条街并非主街，不是很宽，街两旁都种了槐树，密集的枝叶在街心上空彼此交错着，遮住了阳光。槐花边开边落，树下停的一辆辆车，车顶和挡风玻璃上都落满了花瓣，比接新娘的花车还要热闹。一个年轻人打开汽车后备厢，取了除尘用的掸子正在拂扫落在车顶上的花瓣。街边，一个环卫工人，拿着长长的扫帚将落在地上的花瓣扫在一起，准备收起来倒进三轮车的车厢里。一想到这些美丽的花瓣将要混迹于垃圾堆中，不禁有些不忍。

槐花继续落着，刚刚扫过的街面上很快又落了一层。车开过，脚踏过，跌落凡尘的槐花大多破碎了，只剩淡淡的黄色残迹留在路面上。看来，花儿欲开未开之际才是最好的时候，开了，落了，混迹于风尘中，跌宕的又岂止是美丽的容颜。

槐花瓣有些重，微风中亦飘不远，落在头上、身上，发出细微的声响，好似东坡笔下的“簌簌衣巾落枣花”。苏轼笔下的乡村是那么静，缫车的响声清晰可闻，卖黄瓜的吆喝声一遍遍传来，让人不由得想起自己幼时生活过的村庄，想起村外的槐树林和友人细笔描摹的槐花美食。

小时候，每到四五月间，坡上的槐花便开了，空气里弥漫着一股淡淡的清香。素雅的白花，一串串向下垂着，在绿叶丛中那么显眼，那么惹人喜爱。树底下站着拎篮子的女人，树杈上攀着采槐花的孩子。折下的花枝被接二连三扔下，花枝下的女人张手接住，将槐花码入篮中。

此时的槐树林是不寂寞的。低处的花采完了，就有人持长杆，用杆头的钩子钩或镰刀削。那几日，灶台上氤氲的水汽里，便多了槐花的清香。

童年的回味大抵如此吧，小时候的我，游泳、爬树都是不在行的，总比不上同龄的那些玩伴，眼巴巴地看他们自在逍遥，盼着能从树上扔下一两枝槐花来。后来，我在学校当了老师，每天与孩子们“厮混”在一起，日子过得飞快。每当学校里花儿开得灿烂之时，便离孩子们毕业离校的日子不远了。学校里的花有好几种，大的，美的，不在少数，槐花挤不进前几名，可它们一树一树，立在裁得如同矮墙般的侧柏池子里，一簇簇花朵，在方方正正的柏绿色上面横斜伸展着，叫人难以忘怀。现在想起来，风中那串串摇曳的紫红，隐隐有着另一种纯粹，另一种清新。那时正是岁月静好的时候，只是当时的自己未曾觉得。

闲暇时，偶尔翻开旧相册，一年年退去的时光，仿佛海潮般从远方涌来，近到脚边了，未及打湿裤脚，又哗的一下远去。那些在紫红色花朵前绽放的小小笑脸，那些小小的人儿，如今都已长大，成为一棵棵大树，绿叶成荫，荚果满枝。他们中也有做了老师的，和我谈及往事，说课堂上的我过于严厉了，如果能经常对他们笑一笑就好了。她还说，成为教师后方始觉得教书不易，育人更为不易，做一名好老师需要一生的修行才行。

需要一生的修行才行。很好的一句话，只有经历过了才会体悟得深刻。体悟来得有早有晚，只要悟到了也就行了。为人师的路并不好走，除了教给学生知识，还要教些什么，心里必须清楚。这些东西的传递，哪些用语言，哪些用行动，心里也要明白。一些至关重要的东西，并不完全在课堂上。很多时候，当时未必能看得清楚，需要岁月沉淀之后，回过头去再看。

政通街的槐花，还在落着。我知道，这槐花并非我幼年时人们采摘的那种。碎碎的槐花黄，伴着行人的脚步，将点点槐花香带向远方。我的目光穿过袅袅晨风落在枝头，想象着念珠般微黄的槐树荚果慢慢成长，取代槐花坐稳枝头的景象。

漫长的暑期终会过去，秋雨终将来临，那时，又一个槐花季将要远去。这些年遇到的槐花，村外坡上白色的槐花，校园花圃里紫红的槐花，街边这些淡黄的槐花，刺槐的也好，国槐的也罢，好像有意错落开来，陪我度过一个个不同的生命阶段，成为我的珍藏。这些花，将在以后的岁月里不断酝酿，成为慰藉精神的琼浆。

流水

好长时间没有联系 H 和 K 了，我的手指在手机屏幕上滑动，一个个名字似一只只飞鸟从眼前掠过。他们的微信头像，如隐入人群的背影，难觅踪影。看来，只有动用搜索功能才能让他们浮出水面，这个举动有点儿要打捞什么的意味。

大家都忙，有事才会凑到一起。如今，诸事繁杂，哪个人会轻松呢，老人的，孩子的，自己的，别人的，总有许多事搅缠在一起，如乱麻一样，时间久了，心里像被什么东西缚住了，动弹不得。

前一阵子，妻子去女儿家照顾小外孙女。周六无事，便打电话约 H 和 K 来家里小酌，二人欣然同意。饭菜刚刚做好，H 接了一个电话，他的姐姐摔伤了，需要马上去市里医院救治。我们急匆匆赶到 H 的姐姐处，一阵忙碌后，H 跟着救护车一路远去。H 的姐姐比我们大两三岁，那天下了小雨，她不小心摔了一跤，没想到会摔得那么厉害。人过五十，变化开始大起来，以前不用担心发生的事，也会猝不及防地推到你的面前。

回到住处，已是晚上九点，看着一桌子早已变凉的菜，好像一个有些抽象的幽默作品。如此巧合的事，有着不可思议的张力，让我们对往事的努力复制变得有些荒诞起来，随意与刻意相距遥远，并不在同一条轨道上，以后还是随缘就好。记得二十多年前，我们三个都在学校宿舍里住着，每到周六中午，都要到包子铺里吃一顿，然后在街的拐角处分手。那时，大家的饭量都好，三屉包子，两屉肉的，一屉素的，一个也剩不下。我们在包子铺里谈人生、谈理想、谈未来，都是些远大而高渺的话题。偶尔也会感叹现状的不如意、前路的迷茫。后来，他们俩转去了别的学校任教，每周的小聚遂成绝响。

后来，H 的妻子租了门店卖服装，生意渐渐有了起色。记得一个夏日傍晚，下了阵雨，H 约我和 K 到他的店里去吃羊肉串、喝啤酒。那夜喝了好多啤酒，说了好多话，我们都很高兴，因为 H 家有了新的生活方向。那夜我们很晚才散，我和 K 站在路灯下向 H 挥手作别，看他将店门反锁后方才离去。夏雨后，暑热全消，风吹得浑身舒爽，寂静的大街上，已无行人往来，身前的灯影越拉越长，越走越淡。那时的小城，还没有大排档和北面的新城，沉寂的夜，街路上，只有我和 K 的脚步声在回响。

后来，H 家又开了一个服装店，生意一直不错。闲暇时，我会去找 H 闲聊。将近中午时，便约了 K 来，三人一起到附近的小吃店吃一顿，继续未完的话题。

K 为人豁达，率性中透着质朴。那时，他爱下象棋，瘾很大，街边下棋的人里面常常有他，是无对手的。没人时，也和我下一盘，不过要让我一车才肯对弈。记得在我家时，有一次竟玩到窗色发亮，才推棋站起，匆匆睡下，好在周日不用早起，醒后已近中午。

往事渺渺，已成绝迹，一如那时的年龄，追回不得，多年之后偶思前景，唯觉“清澈”二字略可当之。那时，泉水叮咚，流水淙淙，还在山间盘桓，未流到山外。

由此想起很多年前，我们几个站在大堤边，看白洋淀重新来水的情景。深陷的河道里，略显浑浊的青白色河水，慢慢涨起来，没过旁边的芦苇地。水面上，细小的枯枝、杂草，缓缓向东流去，一个又一个旋涡，出现，又慢慢消失。

重新蓄满水的河道让我想起了两千多年前的孔子和同样久远的赫拉克利特。他们都站在河岸上，说过有关流水的话。只是不知道，他们说话时的表情是否凝重。流水携带着时间，或者说时间携带着流水，静静地从我们几个人的面前一分一秒地逝去。那一刻，我第一次感到，我们的青春也随着这些流水一同远去了。

白洋淀来水后，终于摆脱了多年的干涸，重新开启了自我救赎之路。对于一方淀泊来说，要想恢复从前的状态，流水何其重要，又何其宝贵。流水所观照的，是那样广阔，又那么深刻。在流水面前，我们只是一滴水的存在。

流水让我开始懂得生活，提醒我不要忘记自己的源头，要珍视曾经的清澈，还要保持水的流动。我看向流水，知道它的源头就在那远远的河之上游，在那未曾登上的高山之巅。我的一生若想不干涸，就时时需要流水补充，或者灌溉。

安全之门

一

×××，××× 有没有？

男医生的声音又“高”又“瘦”，和他的体型一样，好像不是从刚打开的铁皮门里传出来，而是直接射出来的，碰得墙壁叮叮地响。

没人回答。

母亲抬头望望我。我向她摆摆手，告诉她今天是周一，人多，估计不会太早。

我陪母亲来做复查。那天，她被抬到 CT 机的扫描床上时，已经处于昏迷状态。看上去瘦弱的母亲竟会那么重，四个人抬着都感到吃力。

有人说过，幸福往往姗姗来迟，而灾难却会呼啸而至。直到母亲被撞，我才掂量出这句话的分量。

那天我才起床，手机铃声就如炸雷般响起，父亲的嗓音高亢、尖锐，带着巨大的惯性，巨浪般劈头盖脸向我砸下来。

我拎起羽绒服一路飞奔，脑子里尽是些可怕的景象，连呼哧带喘地穿过小区，跑向小区东边的洗浴中心门口，像要追赶上什么，一定要夺回什么。

母亲浑身是土地坐在地上，头歪靠在父亲腿上，两只胳膊无力地耷拉着，一绺灰白的头发垂下来遮住她的眼睛。父亲木木地扶着母亲的肩膀，眼里充满了哀伤。我扫了一眼四周，离他俩两三米远的地方，躺着他们的自行车，车锁飞到了更远处。没有车，一辆也没有！我将嘴凑到母亲耳边，问她听得见我说话不，问她现在感觉怎样。母亲没有任何反应。我盯着父亲问，谁撞的，车呢？

父亲说他俩早晨遛弯回来，一前一后站在道边准备过马路，他们习惯于先看右再看左，可没等往回看，我母亲就被从东边来的一辆红色电动三轮车撞倒了。三轮车继续冲过来，差一点儿把他也撞倒。那个天杀的司机连车都没刹一下，就径直加速向西开去，等父亲回头追出去时，车早跑远了。他求一个在洗浴中心门口等着拉客的三轮车司机带他去追，那人却说早就追不上了。他挂念我母亲，连忙跑回来，掏出手机给我打电话。父亲说，车里仿佛有四个孩子，一个十几岁的女孩还隔着后车窗挡风玻璃向他们看……

天啊！红色的电动三轮车，全城至少有几千辆！几乎一模一样，上哪儿去找？

二

三十分钟。救护车来得不算很慢。对我和父亲来说却漫长得像一个世纪。我听见母亲轻轻哼了一声，再听，又没了动静。看着母亲肿起的左半边脸和紧蹙的眉头，我不知所措。从见到母亲坐在地上那刻起，我的心就一直悬着：母亲会怎么样？会不会卧床不起？会不会落下残疾？我们的生活会不会随着母亲的受伤而发生很大的改变？我虽然马上意识到最后这个想法有问题，却压抑不住它的顽强生长。

母亲被搭进了急诊处，那里只有一名医生和一个护士，没有电视剧里一群医生护士推着担架车在走廊里奔跑的场面，那好像都是些很不一般的情况。

在CT室医生指挥下，父亲、弟弟、我和我妻子一人一手拽住褥子的一角，另一只手托着母亲的身体，小心翼翼地把她抬上了CT机的扫措床，给她固定好伸向头后的手臂。看着她一点儿一点儿进入那个硕大的白色环形机器里，我在心中一遍遍祈祷着，期盼母亲平安。

母亲的检查结果很快出来了，头部受伤较轻，肿包是擦伤所致，但左肩是粉碎性骨折，大夫怀疑她的左腿和左脚也有骨折，需要住院进一步检查。

急诊处的大夫下班了，母亲被安排进了骨科病房。这时，疼痛已在母亲身上降临，她正在慢慢醒来。看着母亲扭曲变形的脸，听着她一声接一声的呻吟，我又想起那个逃逸的司机，我不知道他现在躲在哪儿，会不会愧疚。从他飞速隐去的背影，我看到了一个肮脏的灵魂。虽然一切道德教化在他那里都不存在，但我相信他欠下的账迟早是要还的。

在骨科病房里，母亲经历了最初两天的剧痛和将近一周的术前等待。屡屡袭来的痛楚，让她的秋衣秋裤一次次被汗水打湿。父亲不知道用什么样的语言对她进行抚慰，发红的眼圈里常常闪动着泪花。母亲用多年的劳动为自己积攒下了一副结实身骨，却未曾想到会毁于一旦。

母亲在她七十多岁时经历了四个半小时的手术、一昼夜的ICU监护和半个多月的术后治疗，在那些充满疼痛的日子里，在漫长的黑夜和白昼里，她一点儿一点儿吞咽着苦痛。

三

CT 室的铁门外，围着七八个人，一旦有人离开，就有人补上。人们都不说话，好像在看大门上的黄色黑体字，又像是在琢磨更上方的那条警示语。

说实话，没人愿意靠近那扇门，可走廊里的人都希望它下次是为自己打开。现在，看什么病能离开 CT 呢？病人离不开，医生离不开，医院更离不开。如果哪一天，CT 机集体失踪了，不知道接下来会是怎样的一幕？

CT 室的门很高很宽，厚厚的铅板可以保障外面等候者的安全。是的，门应该让人感到安全才对。可走进这扇大门的人，恰恰不清楚自己将会怎样。

生活中，究竟怎样做，才能保证安全之门始终朝着自己打开？

这么多年，我的父母一直坚持遛早，无论冬夏，都是四五点钟出门。他们相信凌晨的街道是最安全的，对我的劝说未做太多理会。后来父亲回忆说，开三轮车的那个人当时好像正在打电话，也许就是那个电话让母亲差点儿丢了性命。母亲的遭遇，让我想到了无常。世事变化，当真不会按照常理出现。

这几年，他们俩的生活几乎被养生和锻炼占满了，不是买保健品，就是坚持每天走路，对此倾注了异乎寻常的热情和执着。他们把全部的希望寄托在自己的两条腿上，希望坚实的脚步声能像喊出的那句“芝麻开门”一样，为他们打开一扇神奇的通往健康之路的安全之门。的确，这几年父亲几乎没得过感冒，母亲的高血压和血糖也得到了很好的控制，他们完全有理由让我相信，可以创造出奇迹给我看。

CT 室的大门一次次打开，那个具有穿透力的声音一次次响起，走廊顶部垂挂的时间显示器上，红色的数字已经更新到了 10：40：41。走廊里好像更挤了。有的人站累了，干脆在走廊中间蹲下来。一位肤色黧黑、身体精瘦的老人掩不住焦急的情绪，嘴里嘟囔着什么，他的儿子在旁边耐心地解劝着。

等候的人里，像我这样给老人做检查的不在少数，当然也有父母带孩子检查身体的，丈夫照顾妻子或者妻子照顾丈夫的。一个中年男人坐在轮椅上，女人正蹲在地上为他按摩右腿。男人下半身盖了一块布单子，布单子底下露出两只交叠在一起的肤色暗红的脚。在女人的帮助下，男人艰难地将搭在上面的脚移动了一下。那只脚看上去肿得很大。

四

走廊里的人终于少了。

我看向母亲，这么长的时间，她一直淡定地坐着。自从那次车祸后，我和母亲好像互换了身份，她已经习惯于听从我的安排，就像我小时候很听她的话一样。

终于等到叫母亲的名字了，我连忙应着，搀她进去，扶着她躺在扫描床上。这次，母亲不再让我帮忙，双手上举放到脑后，动作很是连贯。上次住院期间的多次检查，已经让她对做 CT 不再陌生。

做完 CT，我搀扶母亲起来，给她穿上鞋，扶着她慢慢向外走去。这一年，母亲衰老了许多，走路有些拐，受过伤的腿抬不高，鞋底常和地面擦出响声。

这时，从走廊外推进来一个担架，从我们身边匆匆而过。担架上躺着一个老人，被子外面露着几绺白发。CT 室的大门已经为他们打开，我目送他们进去，这一幕，多么熟悉。看着缓缓关闭的铁门，我不由得暗暗为那位老人祈祷，希望铁门打开时，老人是安全的。

我扶着母亲向走廊外走去，她的臂膊让我感到踏实，有一种出自内心的安全感。那一刻，我感到很是庆幸，为我的母亲，也为我和我的家人们。

迟玉兰

甬路边的长椅上，坐满了看手机的人，一张张口罩后面，是难以猜度的表情。大家都很安静，只有我一个人在甬路上走来走去，没有人对我的走动表示出厌烦，哪怕连稍微多一点儿的关注也没有。缺少了口罩后面的表情和语言，单凭一双眼睛，我看不出他们在想什么。在这里坐着的，应该都是病人家属吧，至少应该和病人有关。大家能做的，除了等待，不知道还有什么。

不远处，心脏外科中心大楼的橘红色让人心生暖意，看久了心底里会升起一股安定的力量，我慢慢停住脚步，坐在一个空位上。我知道，大楼对面的大厅里，弟弟正盯着大屏幕，等候父亲心脏搭桥手术完成的消息。

半个多月前，父亲突发心脏病，住进县医院内科病房，抽血、化验、拍片子，请天津来的专家做心脏冠脉造影检查。王主任指着屏幕上几段明显变灰的血管，告诉我那里就是冠状动脉被堵的地方。它们如同一座座即将竣工的大坝，随时会将流动的血液彻底截断。每一处灰色的管廊里，还有游丝样的黑线维系着整个管网的脉动。我仿佛听到潺潺的水声，只是孱弱得实在让人揪心。这是最后的生命通道，也是即将失守的阵地。

王主任否定了做心脏支架的可能，这是天津专家的意见，手术的复杂性不是我能说明白的。心脏搭桥手术，成了父亲跨过深涧的独木桥。

王主任帮忙联系好了安贞医院，那天夜里三点我们就动身赶往北京。入京安检通道上，塞满了各种车辆，一眼望不到边。前面不远处，一辆救护车车顶上的蓝色警示灯无奈闪烁着。没有任何办法让速度快起来，这条生命通道，恰恰成为对生命安全的最大考验。在疫情防控的这个非常时期，虽然我们距离检查站还有不到两公里的路程，却足足走了三个多小时。出租车一次又一次起步、停车，后来干脆熄火等待。十分钟，十五分钟，甚至更长时间才能挪动一次，无奈和焦灼如涌来的大潮一次又一次将我劈头淹没。

到京后的第二天下午，父亲终于住进了安贞医院的心脏外科中心大楼。住院前，我把真实的情况告诉了他。父亲愣了一下，表情变得严肃起来，但只几秒钟的时间，他就把头抬了起来，对我点了一下头。我知道父亲已经做好了准备，他是军人出身，经历过很多事，这一点我有预判。我和弟弟送他去住院部，经过医院的小花园时，他在几棵红玉兰树下停住了，抬头看了看那些还未绽放的花苞，脸上带着几分期许的神色，对我和弟弟说："你们看，这些玉兰花快开了……"我"嗯"了一声，说："爸，我们走吧。"

到了心脏外科中心大楼门口，父亲转过身来朝我们俩笑了一下，挥手示意我们回旅馆去。特殊时期，医院规定不能陪床，在他最需要家人的时候，我们一个也不能陪在他的身边。目送他的背影在楼道口的拐角处消失后，我和弟弟默默站在那儿。那一刻，像突然苏醒一样，我忽地意识到，我并不知道等待我们的会是什么。我只能隔着玻璃门，站在大楼外眼睁睁看着他独自一人走进去，承受接下来的一切疼痛、煎熬，以及所有难以预测的风险。

我和弟弟转身往回走，谁都没有说话，在经过父亲停留过的红玉兰树旁时，我们也像父亲那样抬头看了看树上的花苞，那些内敛的紫红色，含蓄里透着几分神秘。这时，我忽然特别期待看到它们的绽放，像是被一种神秘的力量所召唤，似乎这份召唤里暗含着什么秘密。父亲，你是不是想对红玉兰说些什么？

已经一个小时了，不知道里面怎么样了。中午的阳光有些强烈，我在长椅上晕乎乎的，思绪开始变得漫漶起来。

三十六年前，父亲送我去外地读书。那年我十六岁。临行时，他亲自为我打理好了行囊。对于工作十分忙碌的父亲来说，这是很难得的，他的大儿子要远行，父亲的那份牵挂，看得出来。

父亲还是决定亲自送我去，说好的我们四个同学一起去的，还有一个同学的哥哥领着。父亲找了卡车送我们到徐水，再挤火车奔涿县，下了火车徒步到学校。父亲背着行李走在前面，一边打听着一边走着，不知过了几条大街，直走得两腿发酸才到。他给我交了书费，找到宿舍，给我铺好被褥，又掏出钱让我装好，说："我走了，照顾好自己，和同学们搞好关系。缺什么来信。"我目送父亲远去的背影，愣怔在那儿，心里空落落的。后来，我努力回想父亲吃饭了没有，那么远的路，要一步一步走回车站去。

那时，我好长时间都沉浸在跳出农村的喜悦之中，对自己能够变成非农业户口沾沾自喜。三年里，除了寒暑假，我将往返于家和学校的次数降到了最低。我在自己的小世界里，勾画了一幅美好的图景。

在家里，父亲绝大部分时间是沉默的，像一把没配茶杯的茶壶。这么多年，我只是偶尔听他讲过几次自己的事。他的讲述，大部分留在了过年守岁的深夜里，偶尔也会在失去亲人的长夜里出现。父亲，还不曾让我看得十分清楚。在县医院住院的日子里，父亲好像变了一个人，不但跟同病房的病友们详细讲述自己的工作史，还讲我们家的生活史，甚至有一次还讲起了他和母亲相亲的过程。父亲为我打开了他的另一面，在陌生人面前，他是那么健谈，故事不仅好听，而且特别风趣，连我都为他着迷。他成了整个病房的核心。病友们哈哈哈的笑声常常引来小护士的问责，不得不暂时偃旗息鼓。看到他那么开心，我没跟他说做心脏搭桥手术的事，只是告诉他病情比较复杂，要去北京做心脏支架手术。

我猜想这是父亲在把他的经历讲给我听，而病房是最好的场所。从父亲的讲述里，我第一次知道，为了照顾生病的母亲，他在我的求学和他的全日制带职进修之间，做出了选择和放弃。除了父亲，那些参加带职进修的人，回来后都得到了升迁。我没问过父亲，不知当年他心中作何感想。那时的他已年届不惑，发展的机会已然不多。我参加工作后，父亲的电影放映行业已是日薄西山，要强的父亲又强撑了几年，最后不得不提前退休。虽然名为退休，却没有退休金，已过天命之年的他不得不四处给人打工，艰难度日。那些年，发生了好多事，三弟弃学，二弟亡故，正是家中最灰暗的时候。后来，情况一点儿一点儿好起来，日子渐趋平和安宁。可没想到，父亲却病了，而且病得这么严重。

甬路上，不时地传来脚步声，心外大楼那儿又聚了不少人。环顾四周，娇小浅白的紫叶李花，繁密雪白的梨花，正是最好看的时候。靠近医院大门处，几棵白玉兰树，已然零落下不少花瓣，春天正悄无声息地前行，花期是如此短暂，让美好匆匆而逝。主治医生的话，一句句响起，如同筛子里漏下的小石子，纷纷溅落到我的脚下。草地上，不远处就是父亲抬头端详过的红玉兰，只有它们沉得住气，一个个硕大的花苞攥得那么紧，一点也没有开花的迹象。

手术前的日子，伴着说不出的焦灼，虽不至于坐立不安，但难以静下心来专门做一件事情。我忙着与主任、主治大夫沟通，盼着早一天能做手术，再把消息一一转述给关心父亲病情的亲人们；每天给母亲打一通电话，安慰她的情绪；每隔两三个小时，查看一下父亲的微信，看有没有新消息传来；午饭前和晚饭后，询问父亲做了什么检查、吃了什么。闲下来时，除了发呆，就是默默地祈祷。

期待的那场手术终于来了。

在家属等候厅里，大屏幕上滚动播放着病人的基本信息，略感安慰的是，父亲的年龄并不是最大的。潜意识里，年龄也是一种保险因素。我相信安贞医院，它一定能够解除父亲身体上的病患，为他搭好通过深涧的桥梁，带他走向安全地带。

我让弟弟在等候厅待着，我要到花园那边去转一转。我一次次掏出手机查看时间。这种近乎条件反射的动作带着明显的机械感，它将时间进行了切割，让等待慢慢挪向手术的终点。时间无疑是漫长的，让人产生没有尽头的想象，但时间之列终会在一个个站台上停靠，让里面的乘客走出来，休息或者转乘，去往另一条道路。我们都在一条条时间之列上辗转奔波，步履匆匆，偶尔也会停下来看一下风景。

还是有些按捺不住，我的手指不自觉间划开了微信界面。微信集中了现代社会的海量信息，又似一叠叠的投影，分布在每一层虚拟出来的楼宇之中。它们像是人的分身，在一个个舞台上现身、表演，又在一个个舞台上沉寂下去，不见天日。差不多了吧，是不是发条微信问问？可是问谁呢？主任？不可以，他在手术。主治大夫吗？他在手术室里能看手机吗？管床大夫？他在手术室吗？我的手指在手机屏幕上起起落落，写好的问题终究没敢发出去。我很清楚，不接到医院的通知便是最大的幸福，但我还是忍不住，想早一点知道父亲手术的情况，哪怕一个词语也好。

手机屏幕上的时间一点儿一点儿变化着，我不敢想象手术室里的场面，又一次坐回到路边的长椅上。看着旁边的红玉兰，那些花苞好像变成了一颗颗心脏，在怦怦地跳动着。下午的阳光是那么强烈，晒得人晕晕乎乎的。我背转身，刚想避一避从西边照射过来的灼热阳光，就听见“叮”的一声，传来一条微信。我的心猛地一跳，用微颤的手指滑开屏幕，打开置顶的微信联系人：

手术挺成功的，你们回去吧。

我站起身，朝红色的心外大楼深鞠一躬。那片巨大的红色，让人心中升起一股暖意，那一刻，除了感恩，我不知道还能说些什么。接下来，就是等，等父亲醒来，等他脱离危险期的好消息。

第二天，我和弟弟早早赶到医院，虽然见不到父亲，但在宾馆里等与在医院里等是不一样的，我深知“守候”一词对我们意味着什么。

第二条微信是在整整二十四个小时之后发来的——“醒了”“平稳”，它们闪着淡淡的光芒，让我感到无比幸福。父亲终于闯过来了，没有出现主治大夫所说的那几种风险，我一直悬着的心终于放下来了。

三十四个小时后，护工师傅和我微信视频，通知我中午给父亲送一碗小米粥。镜头一转，手机屏幕里出现了父亲有些苍白的脸，还有他向我伸出的大拇指——父亲是第一个从ICU里转回普通病房的。

六十个小时后，按照护工师傅的吩咐，我和弟弟拎着牛奶、面包和两样水果，扫码后走进了医院大门。

我一身轻松地走在医院的甬路上，隔着口罩，忽然嗅到一缕香气。扭头一看，正是那几棵红玉兰树。阳光下，紫红色的玉兰花苞已然绽放，一朵朵花正朝我微笑。多好看的红玉兰啊，和白玉兰相比，它们总要迟上几天才开，正是这份迟，才让我看到了另一种颜色的美丽，感受到它们带给我的幸福。想起父亲那天端详花苞时脸上的表情，我懂得了父亲表情里的那份期待和渴望，面对春天里即将开放的红玉兰，父亲当时可能想对我和弟弟说些什么，可是被我鲁莽地打断了。

我掏出手机，拍下一张红玉兰花的图片。我要发给父亲，告诉他，他的红玉兰花开了。

庭中树

一

那棵榆树什么时候被伐掉的，我没印象了。我的味蕾只记住了有点儿甜有点儿黏的榆钱。嫩生生的榆钱在春风里晃呀晃，一串一串圆茸茸的。晃着晃着，榆钱就像雪片似的落下来，飞到姥爷的菜园子里，落到“吱吱扭扭”响个不停的压水井旁。

我不知道那棵榆树活了多少年，只记得在篱笆旁轻轻摇曳的嫩绿的榆树叶。姥爷说，以前篱笆墙外还有榆树，后来都做了盖房用的檩。看看身后的青砖房，我对那棵榆树充满了好奇。

我并不愿意靠近那棵榆树，树干上有一条手掌宽的裂缝，里面挤满了褐黄色的小软虫。到了夏天，它们会变成黄脖、黄腿、蓝翅膀的小飞虫趴满墙壁，在门帘前乱飞。它们在我手上留下的液痕奇臭无比，那是不同于猪圈的一种臭，比臭大姐还要难闻，臭到连鸡鸭鸟雀也不敢吃它们。我一直想把它们从我的记忆里删除，可榆树干上那道少了树皮的疤痕总是提醒着我。那是虫子们留给榆树的纪念，让我打捞出隐匿在词语缝隙里的“附骨之疽”。究竟榆树是怎么招惹了它们，引来它们对榆树叶子的疯狂啃食，把好端端的一棵树逼入了绝境？

那棵榆树总让我想起姥爷，他就是院子里的那棵榆树吧？姥爷一直在埋头干活，村东的菜地，村西的农田，院子里的菜畦，里面都有他的身影。他整日默默地劳动，不知他在想些什么。或许他什么也没想，或许只是在想他的地，他的种和收，但从春到秋构不成一个完整的四季，被简化的表达里还藏着一个被折叠起来的冬天需要展开。在姥爷的葬礼上，送殡的人群中有他的朋友们。在被我称作“冬藏”，被他们唤作“冬闲”的时空里，在被烟雾重重笼罩的那间小屋里，我的姥爷手握一把纸牌，忘情地投入他的快乐游戏之中。他忘记了在土地上耕作的劳苦，也忘记了姥姥同样多的艰辛付出。在牌桌上，他变成了让我感到陌生的人，时间、金钱、寝食统统退到了一边。没人能够规劝得了，真的，没人能够做到。

长大后，我部分地参与了他的晚年。那时，他的手越发抖颤得厉害，根本拿不住筷子，小勺里的汤也没有多少能够送进自己的嘴里。就是这样一双手，一年到头持摸着犁把、锄把、锨把、车把，还有年集上的秤杆。还是这样一双手，抖抖颤颤持摸过一把把纸牌，直到在年根底下将所有的积蓄输得一干二净。

每念及此，我就会想起姥爷家的榆树，还有在树皮裂隙里趴着的那些虫子。在那方院子里，枝繁叶茂是榆树的生机所在，也是虫子们的觊觎所在。每棵树上，都有虫子同在，姥爷这棵老榆树上，也有。

姥姥过世后，没有人约束姥爷玩牌了。但没有了姥姥，姥爷的家也散了。姥爷开始在大姨家和我家之间“流浪”，再也没有摸过一把纸牌。

二

院子里的杨树，是父亲和母亲一起栽下的。父亲的建房计划里，有砖瓦、木料、沙子、白灰、压水井，也有这几棵杨树。父亲的笔记本里，记着向亲戚朋友借钱的数额，还完一笔就勾掉一笔，在旁边注上还钱的日期。父亲的账记得很清楚，日清月结，每天的吃喝花销一笔不落。我没找到关于这几棵树的记录，可能它们出现的比这个本子要早。

父亲的笔记本忠实记录着我家计划经济时代的生活，入冬的萝卜白菜，平日的柴米油盐，一日三餐，一页一页写得清清楚楚。三个本子像一部史书。我不愿意打开它，翻开它就意味着要重新打开那段生活，一日日的旧光阴要重新来过一遍。后来那三个笔记本怎么也找不见了，那段生活也随之宣告下落不明。在这之前，我曾开玩笑地跟父亲说过，他的三个笔记本应该送进博物馆，让后人好好看看二十世纪八十年代初一个单职工家庭的生活。

父亲的新房如期完工。已经一房多高的杨树，枝叶在晨风中抖得哗哗作响。父亲指着那几棵树对我说，等它们长粗了，厨房的檩和椽子就有了。

时间过得飞快，我的求学生涯倏忽而逝。这期间，院子里的厨房早就盖起来了，只不过做檩和椽子的另有材料。父亲好像忘记了他对我说过的话，没用那几棵杨树做檩，是舍不得，还是因为它们和邻家的树离得太近没有长好，一切不得而知。杨树们沉默地长着，一直长到弟弟结婚那年。

生活总是一副静水流深的样子，但我清楚水面之下的具体情形，知晓父亲的日子究竟有多难。我毕业时，父亲已经在筹建他的第二处住宅，以备我结婚之用。房子落成时，距离他上次盖房的间隔还不到十年。他和母亲扛下了第二次盖房和给我操办婚事拉下的饥荒，用不再强大的胃一点儿一点儿消化着。这次，父亲没有再用笔记本记录日常的花销。比时的他已经下岗，先是给人打工，后来给单位看大门，再后来和我的母亲一起摆摊，卖些日用小百货度日。在生活给出的考题面前，父亲执笔的姿势已经没有了曾经的那份从容。

又过了十年，父亲伐倒了那几棵杨树，开始改造老房。堵门，掏门，换窗户，经过一番拾掇，三弟的婚房大功告成。杨树先被破成一层层木板，再被裁成一根根木条，成了吊石膏天花板的龙骨。杨树没有用完，有两棵被扔到了院子外面的堤坡上，经受着日晒雨淋，长着无人问津的木耳。父亲种下这些树时，可能没有想过他的杨树最后会是这样一种结局。

我全程参与了伐树和装修。杨木的脆性让我知道了它的不堪大用，杨木的“吃钉”又让我对它不敢恭维。这些速生的树，这些又硬又脆的木头，真是让人一言难尽。

父亲盖了两回房，只给自己留了一间，其他的全给了我们。失去了杨树的院子，夏日清晨里会照常支起小饭桌，秋天里再也不用惦记着清扫落叶，冬日的阳光可以毫无遮拦地斜伸到屋子底部，却无法照亮隐藏在天花板后面的那些杨木。

三

母亲跟我去看影壁墙前面的那棵石榴树。那么大一棵树，枝枝杈杈纵横交错，树冠已然越过小南房二尺有余，怎么说冻死就冻死了？我用手掰了一下小树枝，“啪”的一声，非常干脆地断了，茬口枯白，看不到一丝水分。

“要知道会冻死，给它裹上块毡子就好了。”母亲在我身后絮絮叨叨地说着，好像随时在总结生活经验。记得栽下这棵石榴树苗的那年，为了让它安全过冬，母亲特意给它裹了块毡子。

这么大一棵树，该怎么处理？是现在伐掉，还是再等一等。我看了看母亲，想从她那里得到答案。

母亲叹了口气，眉头紧锁着，显然没有让我砍树的意思。我也没有这个想法。看着这些发白的枝条，想到去年从上面摘下的石榴是它结出的最后一秋果实，我的心里就空落落的。那些石榴，闪着红宝石般的色泽，比往年的个头都大，一个个像小红皮球似的。莫非它预感到了什么，在和我做最后的告别？

这几年，每年快到中秋节时，母亲就天天到老房那边去，数围墙外面树枝上的石榴。去年母亲给我打电话时，除了跟我述说石榴的个数和长势，就是一再催我去摘石榴，她说早上又少了一个。她还说，天气预报说最近几天有雨，石榴怕雨浇，会被催裂的。石榴快熟时，她格外关注天气变化，每晚中央一台的天气预报，她都是必看的。

看到母亲对这棵石榴树如此挂怀，我想起了那棵香椿树。香椿树是被邻居二叔砍掉的，给弟弟操办婚事搭喜棚时，才发现那棵香椿树长得太高了，它立在院子中央，怎么避也避不开。

母亲喜爱花木，凡是她喜欢的，都要跟乡邻要来小苗，养在花盆里，等长大一些再种到院子里去。石榴、香椿，都是这样移栽成活的。想起院子里那些来了又去了的树木，母亲好像一直在为这些树忙着，将它们移来、栽下，看着它们长高，又看着它们离去。

母亲种香椿树，只为能用香椿芽炒个鸡蛋、拌个豆腐，让我家的餐桌走出一冬的单调和乏味，跳出萝卜白菜的包围圈。记忆里，采香椿芽的日子常常是和煦的。灿烂的阳光下，香椿枝头冒出紫红色嫩芽，仿佛春天重回时河面上泛起的粼粼波光，又好像田野里微风吹来的缕缕香气。母亲指挥我用长竹竿将香椿芽一一拧下。有掉在地上的，她就弯腰捡起，小心拂去上面的尘土，轻轻码进篮子里。她把香椿芽分成几份，分送给亲朋。在她的信条里，好东西是要分享的。

我家的香椿芽，母亲通常只采一遍，她对香椿树是爱惜的，不让我用竹竿随意敲打。她说香椿的叶子是摘不完的。说这话时，她特别像一个有学问的人。的确，没有被摘完的香椿叶，那些被采过的香椿枝条，不久后会再次萌生出新芽，直到绿叶成荫，给院子洒下一片清凉。长这么大，我也没见过哪里有光秃秃的香椿树。香椿树的叶子总是那么多，那么密，看不出受过伤害的样子。它们安静地站着，从不引人注目。

香椿树好像就是这么一副没心没肺的样子。支撑它生长的，除了天性，还有母亲对它的喜爱。可即便这样，也没能让它保全多少年。一棵树的命运，有时会被需要与否所左右，人的一个念头就能让它消失。一棵树的长大，除了靠自己的努力，还要有运气。

母亲对那棵香椿树一直念念不忘，很多年后还在为那棵树感到遗憾。她说，其实把树帽卸掉就行了，根本不用砍树。她一直为没能及时出言阻止而后悔，总感觉亏欠了它。

天气一天天热起来，眼看着邻居家石榴树上的花苞一个个鼓了起来，母亲还在等。她一直没有让我动那棵石榴树，跟我说再等等看。我知道母亲希望它能醒过来，希望有一天看到树枝上萌生出嫩绿叶芽，看到火红的石榴花在院子里重新绽放。

四

伐树的人来了，把车停在院门外，往下搬着电锯和油桶。

我摸了一下柿子树粗糙褐黑、遍布细裂的树皮，顺着树干往上望了望，绿叶丛里，青色的小柿子，半隐半显，低悬高挂，一颗一颗袖珍玲珑，似碧玉雕琢而成。

柿子树从根部分出的两个杈，如今都成了主干，要用两只手才能一个一个合围过来。柿子变黄的时候，这棵树上就频频有客人光顾，都是些非常聪明的鸟儿，知道先捡哪个软柿子啄。鸟儿小，吃不了那么多，柿子又那么重，被鸟儿啄开的地方往下裂开，慢慢坠出一个大口子，最后只剩一小片柿子皮连着，在空中摇摇欲坠，像一枚枚悬在头顶的不定时炸弹。想到“蛱蝶乍从帘影度，樱桃半是鸟衔残”，再看柿子，简直就是东施效颦的最佳注解。家人一边清理摔得一滩一滩的烂柿子，一边抱怨。如果碰巧了，砸个一头半脸，谁都会起无名火，想抡起板斧把那厮给砍了。

不过，你生你的气，它结它的果。柿子树年年结下好多果子，就算减产了，也会留下一二百颗供你品尝。大部分柿子都遍生着白点，用手一擦，弄得满手橙红，可想到绿色、无污染，心里就不那么介意了。挑一些品相好的摆在窗台上，黄澄澄的，很是喜庆。每次摘柿子，父亲、弟弟都来帮忙，站在房顶上，两个人拽着树枝，一个人往下摘。有时拽断一两根小杈也不要紧，柿子树年年都长新枝，一两年后新枝就会结果，还都是主力枝，一结一大串，嘀里嘟噜，“炫耀”得很。

柿子树越长越高，柿子也越结越高。舍不得修剪，就任它那么高高地挂着，黄澄澄红彤彤的，好看。直到柿子树落光了叶子，还有一些柿子仍留在树尖上。那些日子里，天天有鸟来，蹦跳，歌唱。赶上晴天，在院子里站一会儿，抬头看看天，看看柿子和鸟，觉得生活里不只是摔了一地的烂柿子需要收拾，还有枝头的果子可以欣赏。

伐树的人顺着梯子一步步登上房顶，打开了电锯。电锯发出一阵阵轰鸣声，震得我的耳朵嗡嗡作响，好似一头猛兽站在山冈上咆哮。他先把垂到房顶上的树杈锯断，然后登上了柿子树的主杈，将树冠一枝一枝卸下来。那个人是个老手，动作干净利落，只用了十几分钟，柿子树就只剩下了两根主干，像一个超大号弹弓戳在地上。零落的枝叶，连同枝上的小柿子，一同砸在高低不平的地面上，发出一声接一声砰砰的闷响。

伐树的人端详了一下昨天我围着树根刨出的大坑，站到坑边，把巨型“弹弓”的两个杈一节一节锯断，才伸下电锯去，非常仔细地把“弹弓”的把儿锯了下来。现在，树坑里只剩下直径三十来厘米的树根了，像一个陷进坑里的木头墩子。

我交了钱，伐树的人带着我的柿子树走了，连一个小青柿子都没给我留下。我想揪一个下来，手刚伸出去，不知为什么又缩了回来，站在原地愣怔了半天。房子老了，院子被柿子树拱得不像样儿，需要整修。父亲也老了，从前年开始，他就不再登房顶了。弟弟年年帮我摘柿子，可摘了柿子，给谁吃呢？大家都不愿吃柿子，怕得结石。如今，这前后两条街的庭院里，一棵柿子树也没有了。

我一锨一锨将土回填进树坑，放水进去慢慢洇着。料已经备齐，明天，瓦匠会过来给院子铺一层水泥砖。用不了多久，院子将平平整整，不复往日破旧的景象。院子里少了柿子树，一下子变得空空荡荡，虽不必担心屋子里见不到阳光，可那份由柿子树积蓄下的生气也随着不见了。

都说柿八年结果，我没仔细数过。整整八年时间，才积累到可以结果的年龄，需要一日日积攒起水分、养料，一寸寸长高到房子之上，将叶子铺展在阳光下，将果子挂满枝头。这棵柿子树如此努力，不应这样待它。一棵树和一个院子的缘分，似乎冥冥中早有定数。

五

前些天去某院，见院子里树木高大苍茂，枝叶间隐隐有清气流动，不由得对这个地方心生敬慕。夏至时节，尚青的果子在核桃树的枝叶间累累垂下，似在向我召唤那段往事。这些青果，让我想起那些青涩的柿果，长了二十年的柿子树，终究还是被我狠心伐去，总觉得愧对它们。如若当初庭院中种下的是一棵核桃，会不会得以保全，一并和老房做伴，一直走到它们岁月的尽头？那些年，年年柿花开落，年年柿叶满院，此刻回想，竟如瞬息之间，又觉得无限漫长，似乎是千年之间的往来。

我住过的这些院子里，每一棵树都伴我走过一段或长或短的岁月。原先以为，生活是不变的，院子里的树也会一直陪我到老。然而它们无一例外都成了院子里的匆匆过客，没有一棵能够抵达自己的晚年。其实何止是它们，有些院子的主人，连同院子里的房子，早已逝去多年。

一棵树能活很久，可以看见几代人的悲欢。有人说，榆树有五百年的寿命。当一棵大树可以荫蔽下一方庭院的时候，是否知道这也是对它考验的开始。决定一棵树在庭院里存在下去的因素很多，自己的努力、天时、土壤、虫子、院子的主人，很多很多。有时，院子换了主人，院子里的树能不能活下去都是问题，说来残酷，却是事实。

关于树的记忆，始终是粗疏的。在那些飞一般逝去的日子里，我一度忘记了杨树们经历的风雨，忽略了柿子树开花的景象，更不知道它何时越过了房檐。在不断遗落的生活细节里，只有匆匆的脚步声在耳边回响。当我想起这些，想写下点什么的时候，扭回头去，只看到一些模糊的影子，和几片遗落在角落里的叶片。

丝瓜架

弟弟家的房子翻盖后，院子小了很多，只在中间靠近台阶的地方留了一棵石榴树。后来，母亲在东墙下复活了一小块地，傍着墙，用竹竿搭了个小小的丝瓜架。

母亲闲不住，年年都要种点儿什么。她知道几棵黄瓜、苦瓜顶不了什么事，也还要种。前两年夏秋，我没少去拿苦瓜，母亲说，用水焯一下，冻起来。我试过，味道不正，只能用来炒鸡蛋。我还是喜欢生吃，去掉瓤子后直接嚼着吃，比凉拌过的苦味淡一些。入了秋，苦瓜还在结，一个一个悬挂在藤叶下，好看。

母亲种苦瓜是近两年才有的事，这么多年她一直喜欢种丝瓜，喜欢看黄黄的丝瓜花爬得到处都是，喜欢小院里那道美丽的风景。丝瓜花爬上了墙头，有时会顺着墙那边的架去了邻居家。母亲只好用绳子给它们引路，把它们领回自家院子里。母亲种的丝瓜不是长长的可以垂到地面的那种，一块只有 0.11 平方米的地，不可能弄出一条诗意的长廊。她随手掐下递给我的丝瓜，都没超过一尺长的，不记得有没有顶花，只记得嫩，一掐就出水的那种嫩，让人有些心疼。母亲说，没事，丝瓜结得多，明天就又有了。

那一阵子，母亲隔两天就会给我打一次电话，让我去拿丝瓜，我纳闷就这么几根丝瓜藤怎么会结这么多丝瓜，还是父亲告诉我，后院也种了几根。母亲他们住在二楼，楼后院子里有两间小平房，小房顶和二楼的地面齐平。二楼的后门外铺了三根杉木，通到楼后的小房顶上。我过去一看，嗬，一房顶漂亮的小黄花！父亲告诉我，这几天丝瓜可以摘了，母亲就踩着杉木到对面房顶上去摘丝瓜，怎么说也不听。父亲的话吓了我一大跳，自从母亲的腿伤好了以后，就不如以前利索了，平时走路，脚抬不起来，鞋底不时会擦一下地面，身子有点往前倾。去年被路面上的钉子绊倒，摔折了小臂。快八十岁的人了，怎么能为了几根丝瓜玩命呢！

我马上想起去年母亲摘丝瓜的事，她的性格我是知道的，就算我在她旁边，她也要亲自去摘丝瓜，再送到我的手里。铁栅栏墙外边的那几根丝瓜藤结得不少，母亲天天找，天天摘。她发现东墙边垂了个大丝瓜，离得有点儿远，就一手扶了砖墙，探了身子，伸出手颤颤巍巍地去揪，这一下可把我吓坏了，连忙跑过去拽住她。东墙旁边是个斜坡，身子悬空，万一滚下去那还得了。

那件事让我一直心有余悸，以后多次嘱咐她不要冒险，丝瓜值不了几个钱，种着玩，别太认真。母亲倒是听话，再没让我发现她有什么危险的举动，没想到她这次竟然玩得这么大，蹬着几根杉木杆在空中来来回回，完全无视三四米的高度和越来越不利索的腿脚。我连忙对母亲说，绝不能再到小房顶上去了，要摘的话我来。母亲不以为然地说，没事，言语间满是不屑。我又不能把母亲的丝瓜秧全都拔掉，那样做一准会惹祸上身，母亲真发起脾气来，我可惹不起她。我再三叮嘱母亲不要到小房顶上去了，最后半是妥协半是下了禁令，以后绝不能在后院种丝瓜了，提心吊胆的，谁受得了。

后院的丝瓜只种了一年，就销声匿迹了，我从心里感激母亲。一次和父亲闲聊，说到母亲种丝瓜的事，父亲说，你妈就爱种地，干个力气活啥的，不让她种点儿什么，还不闷死她啊。父亲的话说得粗糙，却真是这么个理儿。母亲曾是姥爷的得力助手，地里的活，她样样都会；盖房时搬砖、和泥，能顶一个好劳力。母亲对我说过不止一次，我姥爷盖房和我家盖房时，她从河里挑水，给砖洇水，和泥，搬砖，和壮劳力是一样的。我家的几亩地，都是母亲在种。父亲有工作，不能老请假，在种地这方面，只能算是母亲的助手。

弟弟翻盖房之前，院里院外地方大，母亲种过好多菜，白菜、萝卜、黄瓜、西红柿、茄子、北瓜、吊瓜，什么都有。那时，家里新盖了房，院子里树多花也多，半个院子躺在树荫里，满院子飘着一股花香。母亲在她的院子里养过鸡，种过葡萄，对着大门还搭过一个吊瓜架。圆乎乎、胖墩墩的大吊瓜，哪一个都有二三十斤重，都系着“安全带”，白的、橘红的吊瓜，在绿叶之下高高悬着，回想起来还真有些诗意。母亲的新房紧挨着堤坡，南墙外也被母亲开辟出了一片，用来种菜。那时候，种菜是多么方便啊，施的是有机肥，浇的是压水井里压出来的水。边边角角长年长着大葱，随用随拔。到了冬天，在院子里挖个坑，把白萝卜红萝卜分着埋进去，什么时候吃就刨出来，脆脆的，沉甸甸地压手。

这么多年，母亲一直在她的地里忙着。在她眼里，院子里剩给她的那一小块地就是她的全部，她需要一个丝瓜架，需要它长出绿绿的秧苗，结出绿绿的瓜。

夏秋两季，母亲打给我的电话，多半是让我去拿菜，两根黄瓜，三根丝瓜，有时是一小把葱，装在小塑料袋里。母亲看我坐下，给我说些种菜的事，说些亲戚邻居的事。原来觉得母亲说话絮叨，后来觉得是一种需要。母亲需要和我说说话，我也有些话要跟母亲说。母亲老了，她的地现在已经小得不能再小了，用两个泡沫箱子种葱，丝瓜架也不过一平方米，能种出的东西实在有限。不过，只要母亲能种就好，她高兴，我们也高兴。母亲种过的菜，我们都记得。

此时，窗下那个小小的丝瓜架上，黄色的丝瓜花开得正好。

檐下之邻

一

走在淀边长堤上，常会遇到麻雀。轰的一声，眼前飞起一大群，像腾起一股土黄色的尘烟，少说有二三十只，如滚动的风，掠过草尖，擦着树叶，迅速砸进另一片草丛里。也有飞远一些的时候，是几只的一个小群，散乱慌张地逃上路那面的小树，两只小爪子一上一下扒在细枝上，扭头盯着你看，随时准备再逃。你如果盯住它们不动，它们就坚持不了多久，扑棱几声过后，全不见了。对于麻雀来说，树就像人类的避难所。这些灰扑扑的小东西，总是心系大地，搜索可能吃到嘴里的任何食物，只要没人经过，不一会儿就全聚到了树下，蹦着跳着，不住地低头啄着，时不时还要抬起头来扫视一下四周，警惕像我这样的窥视者。

麻雀的毛色确实土气，混进一片枯草里，就会找不到。如果它们沉得住气，不是腾的一下全飞起来，我相信不踩到它们，是绝难发现的。可它们偏偏胆子很小，总是战战兢兢的样子，似乎骨子里就没那么一丁点儿镇定的因子，那副急匆匆的表情里，好像会随时跳出一个急躁的灵魂。它们从这个屋檐飞到那个短墙，从这棵树飞往另一棵树，总是选取最短的飞行路段，为了生存，它们进化成了精于计算的高手。麻雀飞行时总是忽高忽低的，一对小翅膀拼命地急遽拍打着，从来不会像燕子那样优雅地展开，更不要奢望它会在空中翱翔，那样会要了它的鸟命，掉下来摔成一块鸟饼的。正是从麻雀身上，我才领悟到，做一只候鸟首先要学会借助气流进行滑翔。

麻雀看着胆小，却又跑到人类的屋檐下居住，这着实让人怀疑它是不是真的胆小，莫非只是给人一种看似胆小的假象。它们不像燕子那样辛辛苦苦地筑巢，而是常常因陋就简，充分利用屋檐或者墙壁上的孔洞，只要能够容身，再小也无所谓。每天出巢后和归巢前，它们会在窗外的空调外机上、房前屋后的树枝间停留一阵，把单调而又细碎的叫声留给那些短暂却美好的时光。晨光里，五六只麻雀聚在银杏的三四根横枝上，独自一个的，三两个紧挨在一起的，各自扭头向旁边张望，胖墩墩的身子，好像这长短枝上落着的音符。即便它们不鸣唱，这也是一段动人的旋律。

有幸的是，我和麻雀已经做了多年的邻居。它在我家屋檐下出出入入，我却不知它何时起床，也不知它何时归宿。我们各忙各的，名字不同，本质上却相似，都是为了生计奔波的碌碌之辈。我有麻雀做邻居，彼此相安无事，人有人途，鸟有鸟道，各安天命罢了。麻雀看似普通，却有不凡之处，不用长途奔波依然可以在北方的严寒中活下来，一年年迎候春天的归来。

散步时，我又一次看到了麻雀，这次它们没有飞走，而是自顾自地站在披满斜晖的小松树上，微醺似的阳光，给它们敷了一层淡淡的粉红。这是冬日里的一个黄昏，落满松枝的麻雀一动不动，都在享用这一日里最后的温暖。在这日影斜铺的大地上，有一份沉静在无声地传递，让我想起米勒的《晚祷》，此时若有钟声响起，我会像那农夫一样进行祈祷，感谢上苍赐予我如麻雀般的安宁。

二

有一段时间，鸽子们天天来，我有时背对着窗户，听到“扑啦啦”一阵翅膀扇动空气的声响，从大衣柜门的玻璃里，可以清晰地看到那只灰鸽子的身影。妻子说它是中灰色的，我认为有点儿偏向深灰，对于灰色的深浅程度，隔着双层窗玻璃，判断起来确实有些难度。鸽子身上羽毛的颜色并非只有一种，说它是深灰还是中灰，只是对这种颜色在鸽子身上所占面积多少的一种判断，或许我们所说的都不正确，只有鸽子才有发言权，才能准确说出它的同伴是什么颜色。那些美丽的色彩，被我们的眼睛捕捉到的和被鸽子的眼睛看到的，可能完全是两回事。

我的家乡流传着“鸽子眼”的说法，这和燕子在谁家筑窝一样，会给人心里带来一股愉悦的情绪，即便房檐下落满斑斑鸟粪也可以获得主人的原谅，甘愿每天清理鸟粪而没有那么多的怨言，想到这些鸟儿可能会给自己带来的好运，似乎这一切的辛劳都是值得的。我们这儿很少有人会捅燕子窝，那样做会被认为是不吉利的。燕子和喜鹊、乌鸦一起，都被赋予了特定的感情色彩，被莫名地喜欢或厌恶。

我为鸽子的到来感到窃喜，在窗台上撒下一些豆子和玉米粒，以期留住它们，盼望它们能够常来。撒下谷粒后，它们来得勤了，似乎为了报答我，在窗台上歇息的时间也变长了。跟随灰鸽子的，是一只白鸽，它有着红宝石般的小圆眼睛，有时会偏过头来打量我。我不敢长时间盯着它们看，怕惊扰它们，怕它们即刻飞走，更怕它们以后不再来访。我低下头去，装作继续看书，或者悄悄退出房间。有时我站在门口，看它们在窗台上亲密相守，犹如蜜月中依偎的新人。

我很少听见它们在窗外咕咕地叫，它们可能是飞累了，也可能只是在我这里稍作歇息。我不知道它们住在何处，如何觅食，每天会飞过哪些地方。这些对我而言，都是无解的谜题。这样的邻居，是可遇不可求的，主动权完全在它们那边，拿掉食物后，它们还来不来，什么时候来，都不知晓，择邻而居是对鸽子说的，我只是被动的参与者。

小区旁边的锅炉房顶上，冬日里常有几只鸽子停留。它们有时会从那里展翅飞往远方，有时又会一只只落回到腾起阵阵白汽的房顶上。我常常注视它们，为这景色着迷，阵阵腾起的水汽，为起落的鸽子们增添了几分神秘。经过打听我才知道，它们没有被人豢养，是名副其实的野鸽子。我还知道，它们晚上就栖息在旁边一家别墅的屋檐下，为此我专门走去那里拜访，像那只白鸽打量我一样仔细打量这群保守了一半秘密的人类之邻。我不知那家的主人是否会像我那样为这群鸽子的到来感到高兴，在它们一早一晚的咕咕叫声里浮想联翩。

小区里的悬铃木和白蜡树，枝叶颇为繁茂。密叶丛中，咕咕——咕，咕咕——咕，连续的叠音，平和深厚的行腔，带着悠长的韵味，在沉抑下去的尾声里，及时刹住即将汹涌而出的情感。悠长而高远的呼唤，没有过多的渲染，一声接一声从密叶丛中传出，在楼群之间的空气里回荡，带来一种无法诉说的空寂，让人仿佛置身于即将落入夜幕的密林中。我知道那是斑鸠，脖子后面戴着珍珠斑点的小围巾，它是鸽子的远亲，被称作野鸽子。一次，我看到一只大鸟在树枝间追逐另一只鸟，慌不择路逃向那边楼顶的，正是这只常来练声的野鸽子，驱逐它的是只身穿黑白两色袍服的长尾喜鹊。这只喜鹊的野蛮让我很是反感，这个家伙仗着人类对它的宠溺，以大欺小，并非什么良善之辈。

能来小区与居民做伴的斑鸠很少。野鸽子的“野”字，如一道鸿沟，分开了它们和鸽子的距离。它们中的大多数停留在野外，也有一些停在大街旁的电线上，清早时分为我们送来深沉而又悠长的呼唤。只有那只野鸽子愿意飞来，有时还会下到地面上啄食东西。它像一个先行者，与人为邻，既接纳人的善意，也承受喜鹊的驱逐。

如果有一天，野鸽子的“野”字被人的善意慢慢融化掉，或许斑鸠这种鸟就会像鸽子那样常常在人的楼宇间徘徊，不再离去。又或许哪一天，它会像那只灰鸽子和白鸽子一样降临到我家的窗台上，啄食我放置在上面的谷粒。

三

燕子们停在村东的电线上，长长的四条线，密密麻麻的黑点，向着南和北这两个很难汇合到一起的方向不停地延伸。无际无涯的样子，让我的想象一点一点变得贫瘠。

那是十月的一个清晨，燕子们正在集合，准备离开我的故乡。它们要集体去往的南方，在我的想象里只是一个模糊的概念，好像与阳光、鲜花、绿草有关，与一篇课文里等待燕子翼翅和尾尖的湖水有关，又像懵懵懂懂中对恋人的期待。

这么多年来，它们是我见过的规模最大的南迁的燕群。它们停在电线上，半空中还有好多燕子盘旋着，在寻找落脚点。被接纳意味着旅途的顺畅与安全，有些燕子看上去已经有些急不可耐。它们将我的目光引向大地的深处，远方仍然是四条电线上燕子的身影。无穷无尽的燕子，将一场郑重的告别仪式摆在我的面前，也将一枚别离的种子种在我的心里，这么多年它越扎越深，根须遍布我的每一根血管。我分不清哪一对燕子是昨天离开我家的那对老燕，不知它们落在了电线上，还是盘旋在半空中。它们年年飞来，在堂屋的房梁上筑巢，孵出一窝小燕子。它们每天飞进飞出，清脆欢悦的唧唧叫声，给并不富裕的家中增了几分喜气，也为屋中的宁静添了几分热闹。我对这种伶俐的鸟儿始终怀有良好的印象，每次发现大街旁筑有燕子窝，我一定会站定，看燕子们往返飞旋，在电线上欢快地歌唱。

燕子的离别总在深秋，深秋总伴着逝去与成长，直到后来演变为一场接一场的伤感。随着时间的推移，燕子的告别日益简单，从数量到时间不断地缩水，就像我们手中不断减少的光阴。在淀边的村庄里，我又一次遇到了燕群，它们可能是我童年时代遇到的那个燕群的后代，这么多年过去，我为它们数量的锐减感到难过。我至今遗憾没有亲眼见到那对老燕启程前离别的盘旋，没有听到它们婉转的离歌，或许这些根本就未曾发生，一切只是我的无端猜想。它们可能像箭一样先后从巢中飞出，头也不回地完成了一次深秋里的别离。这么多年，我只是有些遗憾，未能目睹那个告别的场景，我实际上只是需要一次真实的看见，把它作为带有刻度的细节，以用来修补那段童年经历的一处空白。童年的空白实在太多了，恐怕用尽余生也修补不完，但这一处对我来说真的重要，我需要用它解读一条通向隐秘之境的时间密码。

燕子的告别总伴随着寒冷，燕子的到来又总是伴随着细雨，在望向天空的目光里，洒落的雨滴代表着春天，唧的一声，燕子的声音清脆而又嘹亮。伴着叫声的，是燕子闪电般的身影，在楼与楼深邃而又狭长的空间里一掠而过，好似一道黑色的闪电。那一刻，这深邃与狭长为我阐释了什么叫作精灵。在童年的画图里，燕子是贴地疾飞的一支箭矢，是天空中滑翔的一片云朵，是往来于田野与村庄的自由之神。燕子的双翅，寄托了我清澈的目光，在燕子的高高飞翔里，我明白它有一个自由的灵魂。

我始终在期待燕子的叩访，希望有一天燕子将巢筑在我家的屋檐下。离开了童年的老屋后，燕子再也没有光临过我的新家，它离得远远的，除了飞翔，还是飞翔。

四

有鸟飞来做邻居是件很奢侈的事，有一个已属难得，不要奢望会有更多，那已是可望而不可即的。有鸟飞来做邻居又是件很神秘的事，宿在谁家的屋檐之下，鸟儿做没做过考察，做出这个决定的依据是什么，全无痕迹可寻。对我来说，麻雀、燕子、鸽子它们简直就是神迹，我能做的只有等待，恭候某一天它们大驾光临。

冬季旷野里，高高的杨树顶上，疏朗的枝条间，碗状的深黑色的一团就是喜鹊的窝。相比燕子来说，喜鹊的窝显得过于粗鄙，根本不值一提。一个，两个，喜鹊的巢彼此离得并不算很近，它们并不像人类和很多鸟儿那样选择比邻而居。喜鹊乐于接近人，却不愿意将窝搭建在人家的庭树之上，它虽与人有所纠缠，却不愿介入过深。回头再看麻雀、燕子、鸽子们，人类的屋檐对它们来说显得别有深意。

人类的屋檐之下，不仅仅代表伸展出去的空间，屋檐还像是一种做出邀约的手势，是不是要靠近它，鸟儿们需要智慧，更需要勇气。以什么方式靠近它，需要拿捏得恰到好处，否则会失去翅膀，沦为家禽，或者被困于笼中，成为囚徒。要想成为人类的檐下之邻，需要掌握好分寸，保持住克制，拒绝口腹的诱惑，防止从天平的这一端滑向人类占据的另一端。只有这样，不管是留鸟，还是候鸟，才能在人类的屋檐之下活得洒脱，鸣唱得自由。

卷三

水乡淀稻

几年前我去淀里，时逢初夏，微风拂过嫩绿的苇梢，送来苇莺的歌声。苇莺是种很灵巧的小鸟，能把巢编织在两三根芦苇的秆上，喜欢踞在芦苇梢头欢快地歌唱。

坐船行过一段水路，在一条小堤旁下了船。左前方，一只白鹭翩翩飞过，雪白的身影转眼消失在小堤的北面。我们在苇丛中行进，路一转，堤下现出一方稻田，如镜面般平坦，田里是一线一线刚刚插好的秧苗。西南角上，七八个妇女正在插秧，她们身后还剩一小块地就要完工了。

白洋淀种植水稻的历史可以追溯到北宋年间，是黄懋将江东早稻引种于此，其间的经历颇为复杂。二十世纪五六十年代，白洋淀曾有过遍地稻田的壮观景象，后来由于水域面积的减少，只剩下零星的稻田分散在大淀的浅水边。作为水稻家族的一脉分支，白洋淀曾有过一种奇特的水稻，能随着淀水的上涨迅速长高。这种水稻，在作家的描述里充满传奇的色彩：

这是白洋淀特有的一种水稻，它的秧苗能长二尺多高。春天，人们在浅水中插秧，夏季，水位越长越高，稻秧也跟着生长。到了

夏末，站在齐腰深的水中，扶直稻秆，几乎和人一样高，水涨秧也长，这是水乡淀稻最大的特色。（林莽的《水乡札记》）

这样的叙述，在父亲和乡邻的口中得到证实。二十世纪六十年代，白洋淀水位很高，护淀大堤内，县城周边方圆十几里范围内，像桥南、漾堤口、端村、关城、大张庄、大王等各个村镇，田里的水深浅不一，于是在水浅处栽“小稻子”，在水深处栽“大稻子”。这种“大稻子”即是到白洋淀插过队的知青林莽笔下的“水乡淀稻”，收获时植株最高可近两米。

真是“一方水土养一方人”，正因为有了淀水春季浅、秋季深这种季节性的涨落，才造就了水乡淀稻随水而长的特性，又因为特殊的历史机缘，才被林莽老师写入了文章。

“清明打，谷雨撒。”父亲口中的这句白洋淀民谣，意思是说清明时节就要蹚着浅水给水田打畦埂和用镐整地，谷雨时节就要将缸里泡出芽的稻种撒到育秧田里育秧。每一日都要有专人负责给秧田浇水、看护，直到芒种插秧为止。妇女们将育好的稻秧一根一根从育秧田里拔出，涮去根上的泥土，再把稻秧捆成小把送到稻田里。插秧的人排成一行边插边退，每人负责插三至六列不等。水底的泥是分软硬的。遇到软软的河底泥，只需将稻根往泥里轻轻一抹，再用两个手指培上泥，轻轻一按即可。如果遇到比较硬的沙质泥土，用不了一天，泥沙就会将指甲盖顶裂顶翻。种稻的人，只好每人随身携带一只木橛备用。

插秧的场景是壮观的，插秧的人没有谁不在力争向前。这种向前是以退为进的，都说退一步海阔天空，可哪里只会是退一步呢，是一步步退过去，退出一个广阔的前景。

夏的热情催动着这方水土的梦想。秧苗在一日日的阳光照耀下开始返青，然后分蘖、拔节、孕穗、抽穗、开花、灌浆、结谷。从昂扬向上、节节高升，到开花结果、收割脱粒，再到晾晒入仓，整个过程，水稻不知牵扯了多少双殷切的目光，不知左右了多少个甘苦自知的日子。

我种过小麦、玉米，刨过花生、红薯，削过高粱、豆子，我对农作物的收割毫不陌生，那份艰辛不是看看视频、听听歌曲就可以懂得的，没有切身的劳动体会，又怎能懂得水乡淀稻的冰冷收割？

> 深秋的季节一到，水位便开始下降，沉沉的稻穗垂在水面上，人们上身穿了棉衣，下面却打着赤腿，一手拉着船，一手拿着镰刀。割下的稻穗整齐地码放在两边的船舷上。（林莽的《水乡札记》）

水稻的生长应该被定义为水、土、人的三位一体。不仅是人被水和土供养，还需要千万双手和脚的艰辛劳作，承受冷与热的考验及各种磨折，这里面更多的是人对水、土的敬意与虔诚。

恍惚间，我就是那手执镰刀、上身着棉衣、下面赤腿的割稻人。在冰冷的水中，手挽一把稻谷，指掌间传来涩涩而湿漉漉的质感，那种厚重，会从指尖通过手臂直达心中。这是收获中带着苦涩的体味，踏实里裹着冰冷的把握，是对白洋淀人艰辛劳作的回馈，谁都在乎这淀水的温度，但更在乎淀水的高度。

天宇下，稻浪金黄，随波涌动，明亮的色泽里，嵌满了从日出到日落的温暖，裹满了风来雨落的节奏，越过水淀的金秋，渔舟留下一曲动听的晚歌。

脱去谷壳后的稻米，有着近乎半透明的乳白色泽。抓起一把大米，放在鼻子下嗅一嗅，托在手掌上看一看，那种温润让人由衷喜欢。小时候，柴锅里偶尔会蒸上一碗米饭。掀开锅盖，屋子里弥漫着带着米饭清香的乳白的水汽。我们弟兄三个围在桌边，咽着口水等待母亲，等待米饭上桌那个时刻的到来。雪白的米饭，儿时的家，父母兄弟围坐一起，那个场面已太过久远。

当我收回思绪，看向那方青青的稻田，那七八个妇女已将最后的几株秧苗插完，顺着田埂走向了远方。

风中的稻田，一派静谧，白鹭停停走走，啄啄点点，累了独足而立，倦了埋头梳羽。水面上落下的几片云影，隐匿在整整齐齐的点点新绿中。用不了多少日子，稻子将长得分不出行与列，在一片片茂密的枝叶里，这些水稻将完成分蘖和拔节，水乡的日子又会在稻花香里开始新一轮的生长。

麦子黄了

时近芒种，村西的麦子又快黄了。

很小的时候，我就听大人们说过“芒种三天见麦茬”，而真正体会到这句话，却是到了能拣麦穗的年纪。火辣辣的日头底下，一次又一次弯腰拾起那些遗落在麦茬边的麦穗，一穗一穗把穗头对齐，凑成一小把，攥在手里，像一朵花，一根根麦芒看上去银白、纯净，却又锋芒毕露。

我长到可以拿起镰刀割麦时，才觉得“芒种”的“芒”也许应该写成“忙”。乡下老家，那一阵子确是没有白天黑夜的。

干热的风转眼就将麦穗吹黄，空气中飘荡着一股干燥且浓烈的亢奋气息。远远近近的麦田里，那些深褐色的脊背，都以弯曲的姿势向着土地郑重行礼。向土地答谢是自古以来农人的一个必要而且不能稍有懈怠的仪式，地有多长，答谢就有多长，地有多大，答谢就要多重，需要反反复复表达对土地发自内心的感恩。

天未破晓，所有镰刀都已上阵，一下紧似一下挥动，一把又一把麦子被齐刷刷割断，像一个又一个爆裂的时间气泡。唰！唰！唰！啪！啪！啪！时间的气泡在原野的暗色里不住爆裂，麦田里此起彼伏，开始迸发出光芒，大地越来越亮，天空越来越白。

麦子在人们的双手间传递，在工具间穿梭，在场地上移动，在风云下奔走。从镰刀到麻绳，从碌碡到木锨，从麦子地到打麦场，从屋顶到麦瓮，从烈日到乌云，从疾风到暴雨，从黎明到深夜。麦子，又一次回到撒下它的那双手里，完成一次轮回。

村东的打麦场平坦而又宽敞，场边高高矗立的麦秸垛，正在静静回味那些忙而不乱的声音，咔嚓咔嚓的铡麦秆儿声，骨碌碌的碌碡滚动声，细碎而杂沓的马蹄声，中年汉子浑厚的吆喝声，鞭梢在空气里甩过时发出的啪啪声，混合出一股让人亢奋的味道。

打麦场最怕变天，老天爷一旦不高兴了，就会召来乌云、狂风、闪电和雷鸣。先是浓云从西北方迅速压下来，闷热中带着一两分腥气的风贴着地皮儿猛地刮过来，柴草满天乱飞，风中裹挟的沙粒袭掠过腿脚，拼命扑打着脸颊和双眼。麦场上顿时乱作一团，人们手忙脚乱大声呼喊，仓促间扯起塑料布或帆布进行苫盖。在一道又一道炫目的闪电和轰隆隆的雷声里，黄豆粒般的雨点倾泻而下，噼里啪啦的声音里交织着凉意和几许疼痛。不过，天公还是眷顾这些辛劳的人们，雨总是急的、短的，不一会儿就会雨过天晴，红日复出。等到打麦场上再度干燥，那些声音便再度响起，继续演完这场乡野大剧。

对于这些，我愿意一帧一帧慢慢回放，一边细细品味，一边寻找那个在打麦场上疯跑的孩子。

我是先从打麦场再到麦地，还是先从麦地再到打麦场的，已经想不完整。一直在记忆里闪现的，是被烈日炙烤得发烫的泥土，齐刷刷的麦根，锋芒毕露的麦芒，还有刺眼的白光下咀嚼一颗麦粒的醇香。麦场上，一粒粒麦子在阳光下一点点将水分释放干净，又一点点将阳光的能量收藏进身体里。红丁丁的麦粒，正在背诵一粒种子的庄严承诺。当我把手掌插进这些从打麦场里运回、贮存在大瓮里的麦粒中时，指掌间回忆起来自炎炎夏日的温度，让人觉得分外踏实。是的，作为种子，需要用这份温热来对抗漫漫严冬。

这些种子，后来被父亲种到了地里。父亲的地在城外，虽然一小块一小块零零散散，但是因为有井水灌溉，一直肥沃丰腴。每年寒露将近，父亲母亲便开始忙着运粪、撒肥、翻地、耧沟、撒种。这些地块太小了，用不上木耧，更没有马和犁铧的帮助，他们便一锨一锨翻出新土，一耙一耙将土地耥平，一镐一镐耧出麦沟，一把一把将麦种撒下。我的记忆，常常定格在母亲被汗水打湿的鬓角和父亲被汗水湿透的衣背上。母亲累了，捶打着腰坐在地头歇息；父亲乏了，蹲在地头吸烟。翻好的泥土潮而不湿，耧好的麦沟温软细腻，这是为麦子备好的温床。泥土散发出粪肥发酵的气味，混着草的清香。我赤脚站在地里，感受泥土的厚实与温暖。

父亲抽完烟，伸手从装着种子的布袋里抓出一把麦子，轻轻攥着，迈着沉稳的脚步，顺着耧好的沟子，熟练而潇洒地扬着手臂。随着父亲手臂的一次次扬起，一粒粒红丁丁的麦种精准地落入沟里。我和母亲紧紧跟随，用脚掌将土填回沟里，覆住麦种，一步步踩实。现在回想起来，将麦种植入土地绝对是个仪式感很强的场面，用手撒种更有一些接近远古农业的味道。

接下来便是整整一个冬季的等待。

阳光里，我默默看着，落尽树叶的杨树旁，唯有麦田是一望无际的绿色。有了麦色的铺垫，寒冬也不再空洞，重新拥有了生命的味道。

不得不说，麦子是纯粹的勇者，敢于将幼苗置于零下十几度的酷冷之中。拨开覆在麦苗上面的白雪，深深的绿意是那么纯净。洁白的根须，还在向着土层深处顽强地延伸，这是阳光和大地赋予麦苗的力量，在冬天里开辟着通往春天的道路。

冬天终有离去的时候，人们开始把目光落在柳的身上，就像解读一个符号，猜测一种意象。在赞颂早春的诗文里，我没有看到麦子的身影，那大片大片染绿大地的麦色。那最先试探春风的丝丝麦绿，是有着“草色遥看近却无”的轻盈和“向阳花木易为春”的欣喜，这时，往往还伴着几点残雪，风中还有几分料峭的寒意。

麦子不会等待冬寒褪尽，更不会与百花同行。它绿得早，绿得快，绿得豪迈，如千军万马，似大潮涌来。那一刻，便是春天。

风中的麦苗长得飞快，只要水肥及时它就满足了，拔节，孕穗，抽穗，开花，结实，环环相扣，节节攀升。它要在芒种前将每一穗麦子进行交付，这是它对大地和农人的郑重承诺。

夏风中的麦子黄了，黄得灿烂。芒种过后，麦子将会谢幕，玉米正在候场，新一轮的接力已然开启。此时，我的心中唯有感谢，感谢这份接力，更感谢脚下这片土地。

玉米的露珠

一

家里的地从没闲过，哪怕最小的地块也是年年收了麦子就点玉米。我家的玉米只属于夏和秋，就像雪花只属于冬天那么自然。

蓝色的晴空下，苍绿色的玉米地最有魅力，就像一部电影到了高潮才值得回味。长的，短的，方形的，三角的，一块又一块紧紧挨着的玉米地里，男人，女人，孩子，狗，都在忙着。有的地块，还会邀请一头驴和一辆小拉车前来列席。

很多年前的秋天，孩子们都有一个三十多天的假期，好帮助父母完成深秋里的收获和播种。假期常常涵盖住中秋这个传统节日，那两天的地头上，母亲的提篮里，会多出一两块“自来红”月饼和两三个雪梨。枯燥沉重的劳动间隙里，便多了一丝甜甜的味道。

每家的地头好像都有一个竹提篮，外面苫着一块毛巾。提篮虽小，却是标志性符号，看篮子就知道这块地是谁家的。提篮不是孤独的，常会有一辆小拉车和它做伴。顺着提篮看，躺倒的玉米秸上，蹲坐着头包深色花头巾的女人。旁边的一垄玉米秸上，是一个穿着长衣大褂的半大孩子。他们中间，一个不大的金黄色玉米堆，正闪着喜盈盈的光泽。地边上，一个小男孩和一条小狗正闹得欢。前面远远的，奋力挥舞小镐的，是孩子们的父亲。

男人直了直腰，用力吸了口玉米秸秆和青草混合的气息。地里的气息让小狗有些兴奋，开始撒着欢追逐一些不知名的昆虫。大孩子站起身来，伸着懒腰，羡慕地望着。小孩子已经躺在玉米秸上睡着了，母亲把自己的褂子脱下来，盖在他的身上。

秋天就这样在一户户的收获里慢慢变化着。一块又一块的苍绿色同时被掀开，从一个角开始，一点一点露出棕黑色的肌肤……

我之所以如此努力地对玉米的收获详加叙述，只是想为自己的少年时光作一段注解。假如我能把上面的情景涂抹出来，我不会再为它的普通而稍加迟疑。这样的画面早已无法看到，我跟着父母进行秋收的时光，已化身为旧式农业生活在这片土地上的最后一首离歌。在如今辽阔而又苍茫的大地上，孤独的收割机带着它的隆隆声响，将一家一户的劳动方式彻底驱离。以后，不会再有孩子们的参与了，更不会有他们来自童年和少年时期对于泥土和收获的记忆，以及被汗水浸泡的劳累。我不会怀疑生活前进的脚步，也许生活另有安排，会在别处，在别的时候，用孩子们所不知道的方式，为他们补上这一课。

二

“锄禾日当午，汗滴禾下土。谁知盘中餐，粒粒皆辛苦。”一声声稚嫩的童声仿佛来自遥远的古代，一双双纯真的眼睛却让我无法回避一个现实，离开了土地，也将远离对土地的敬畏，远离对劳动和劳动者的敬意。这些孩子能否从熟练的背诵中体会到古诗中深藏的劳作之痛？

有多久没有看到人们锄地的情景了，这种消失始于何时？电影《朝阳沟》里银环学习锄地时动作的僵硬，源于人与土地的长时间疏离。城市与土地在一种错位状态下相互打量，心生芥蒂。离开劳动，将无法书写泥土和种子，即使书写也会变得虚假。体验是需要从劳动中获取的，从书本里得到的只能是肤浅的表象，任你智商再高也无济于事。如果寄希望于传抄，只会让虚假在传抄中泛滥。

我清楚地记得自己用锄头将一棵健壮的禾苗齐根锄断后的痛惜心情。被锄断的禾苗已经长得很大，无法补栽，它空出来的那一小块地方注定打不出一粒粮食，瞬间涌上来的负疚感让我觉得有点愧对脚下的泥土。手握锄头的劳作者，无法避开头顶的烈日，置身蒸笼般的禾田里，浸透衣背的汗水和腰腿臂膊的酸痛，除了加深对劳累的认知外，就是不断削弱对土地的热爱。

锄禾带给人的，是身体和时间被双双绑缚在土地上的困囚吗？化肥、农药、除草剂，还有神秘的种子，是否真的能够实现对人类双手的再次解放，让人们可以像天使那样飞往四方？这一把把闪烁着人类智慧光芒的钥匙，带我们走进一个神秘而未知的世界。

许多年前，有一个老农对我讲过他的理想国，用一句话说就是“草死苗活地发喧”。（“喧”为音译）意思是杂草死掉，禾苗活着，土地要松软，不能板结。如今，他的理想国好像“实现”了，但一把由除草剂、化肥、农药、神奇种子、现代化机械组成的“达摩克利斯之剑”也同时高高举了起来。

三

紧邻村庄的公路边，一大块空地上安放着一架大型脱粒机，旁边码放着一大袋一大袋从四面八方收集上来的黄澄澄的玉米棒子。脱粒机狂野地将一个个金黄的玉米棒子吞进去，再将一粒粒金色的玉米粒像瀑布一样喷出来，堆成一座高高的谷山。漫天搅动的尘土将这一片天空染得昏黄。我望着这片被尘霾笼罩的世界，不知道这些谷粒将被运往何方，送到何地，又会用来做些什么。我唯一的恳求，就是诚挚地希望这些闪着黄金般高贵颜色的玉米粒，能够先被粮库贮存一段时间，哪怕只有一年也好。我只是简单地希望他们能够好好珍惜每一粒玉米，珍惜它们普通而又伟大的名字——粮食。

四

清早，我走进玉米地里，没用多久露水就将我的裤腿打湿了。朝阳柔和的光线，斜穿过密密的叶丛，照亮了叶尖上的露珠，一声声的虫鸣越发衬托出这里的宁静。我蹲下身去，凝视着玉米叶上的露珠，看到了露珠上晶莹的诗意和岁月的深情。

我抚摸着一穗穗玉米，捻着它们尚未完全枯干的胡须。今年的玉米长得饱满，好几穗玉米的胞衣外露出了金色的谷粒，在晨光中闪动着柔和的光泽，我想，这就是玉米投给这片土地的露珠吧，金色的玉石般的露珠。

在开垦这块荒地的过程里，我重新拾起了我的锄头和镰刀，带着我的妻子，还有孩子，就像当年我的父母带着我一样，开垦出一块属于我们一家三口的田地。在这块地里，我收获了小麦，又将用汗水收割我的玉米。我的玉米没有让我失望，同样没有让我失望的，还有我自己。

秋阳是那么和煦，温和的光线给所有的叶子带来温柔的色彩，这是丰收前才会看到的一种柔美。

在当晚的日记里，我一字字写下：

今日白露。我找到了玉米的露珠。

消失的高粱

这些年，我一直在寻找高粱的身影。可能是我走得不够远，找得不够仔细。有时我会问自己，为什么还要找寻它们，它们不会再进入我的生活了。我对高粱酒不感兴趣，这些年没有吃过高粱米稀饭，钢筋水泥的房子里不再需要高粱秸做的箔，扫地用的笤帚也早已换成了塑料的材质。找寻它们，仅仅是出于简单的怀旧吗？四十年改变了太多的生活细节，遗落了太多的生活册页。

那时候，高粱是被当作经济作物来看待的。每户人家都会给高粱留出一块地，高粱也从不会辜负人们对它的期望，高粱酒，高粱箔，高粱皮席子，高粱穗笤帚，高粱秆篦帘，高粱用丰硕的回报点亮了每一户农家希望的灯盏。

高粱留给我的记忆大多是美好的，甜如甘蔗的青高粱秆，小巧精致的高粱秆鸟笼子，韧性十足的高粱秆蜻蜓套杆，玲珑可爱的高粱秆皮蝈蝈笼子……尽管这些已被时间稀释得没有什么味道，但我还是希望它们能够为我愈加苍白和空洞的生活保留一点儿温暖的底色。

我是在那年村东的路边遇到那群高粱的，我敢说她们是我这辈子见过的最漂亮的高粱。她们站在一片黄豆旁边，害羞地红着脸。她们身材苗条，又细又高，头上戴着璎珞一样的装饰，长长的穗子垂下来，像一串串细小的黑红色宝石，闪着奇异的光泽。她们带着迷人的笑容，伸出细长的手臂欢迎我，手挽着手围着我歌唱，拉着我的手舞蹈。

我记不起那些高粱讲的故事了，只模糊记得故事很好听。我是被姥姥喊回家的，那片高粱地离得并不太远。后来，我又去了那块高粱地，地里只剩下一片被镰刀削剩下的高粱根儿，一个个斜斜地指向天空，带着锋利的切口。

以后的日子，我再没见过那么漂亮的高粱。我把遇到那群高粱的事一直藏在心里，没敢把她们围着我唱歌、跳舞、讲故事的事告诉姥姥。我不确定这件事是真是假，是不是我的一个梦，或者这件事本身就是我编的一个童话。

那时，我喜欢在秋收的田野里游逛，在风中说出自己想到的半首绝句，往往为接不下第三句而感到羞愧。我从没将这些告诉过我的老师，我的任何一个亲人。我真的喜欢学校为我订的那些报刊，梦想有朝一日能够将自己写的故事在那上面发表。

我的姥姥讲过许多故事，故事的主角都是些狐仙神怪。她不止一次叮嘱我不要乱跑，更不许我一个人到大庄稼地里去玩，可我好像不怎么听话。学校里的吴老师也会讲故事，她讲的都是些外国童话，跟姥姥讲的很不一样，新鲜而有趣。吴老师陆陆续续给我们讲了一年，每周五最后一节课，周周不落。每到那节课，教室里就静极了，大家目不转睛地盯着吴老师，生怕她突然飞走。那些故事我还记得，《海的女儿》《丑小鸭》《拇指姑娘》《木偶奇遇记》，但她没讲过高粱的故事。

高粱一年年种了又收。我用高粱秆做的套杆到小树林里套蜻蜓，用高粱秆做的灯笼照亮回家的路，还让蝈蝈在用高粱秆皮做的笼子里唱出好听的歌，直到我长到可以拿起镰刀，挥动小镐，到高粱地里干活为止。

真没想到，高粱的根竟如此强大，我用小镐连续刨了好几下才把它从土里刨出来，给地里留了那么大一个坑。高粱的根部生有许多气根，每个气根都有筷子尖粗细，看上去很像一只章鱼的腕足，最大的一圈“腕足”里面裹着两三圈小的“腕足”，真像一只硕大的脚。正是这只大脚，牢牢撑起了耸入空中的高粱。

既然高粱的大脚让她在这片土地上站得这么稳，那她为什么还要到别处漂泊？她又怀着怎样复杂的心情一步一步艰难地挪动着脚步，离开她深爱的土地？她究竟带走了多少故乡的泥土，还有多少关于故乡的故事？高粱，是你带走了姥姥姥爷在大地上锄草的身影吗？你在他乡的阳光下，还会想起那个看你跳舞听你唱歌的小男孩吗？

姥姥和姥爷都喜欢高粱，能用高粱做一些生活用具。姥姥戴上老花镜，姥爷系好大围裙。姥姥一根一根挑选细细的高粱秆（高粱穗头下面的细秆）；姥爷一根一根挑选高粱穗，去掉谷粒，用水泡湿。姥姥戴上顶针，一针一线将细高粱秆缝连结实；姥爷将刨笤帚的弓子一头系在腰间，一头蹬在脚上。姥姥缝完这面的单片，再缝那面的单片；姥爷用弓子上的钢丝把高粱穗“嘎吱吱”勒紧，用尼龙线绑牢。姥姥把两个单片横着竖着铺好，缝在一起，似经纬合璧；姥爷用力蹬紧弓子，一道道尼龙线从笤帚苗向笤帚把延伸。姥姥从没学过几何，却懂得以针为圆心、以棉线为半径，一圈“咔咔”的刀裁声过后，圆圆的篦帘做好了，平平坦坦，白白净净；姥爷不懂立体几何，却知道“唰唰”几下，把笤帚把的头削成一个矮圆锥体，笤帚把上的一圈圈尼龙线等距排列着，漂漂亮亮，结结实实。夜里昏黄的油灯，摇摇曳曳，墙上的两个影子，一会儿拉长，一会儿缩短，就像农家松松紧紧的日子。

姥姥姥爷制作的篦帘和笤帚，带着湿润润的清香，带着春季里清风和雨水的味道，带着夏季里阳光和云朵的味道，带着秋季里泥土和露珠的味道。那些篦帘，经年还新，承托着我需要的食粮，有物质的，也有精神的。那些笤帚，一次次扫去屋中的尘土，也一次次扫净我心上的尘埃。

当我意识到高粱失踪的时候，我开始了一次次的寻找。南洼，西堤，村东，村北，到处都是我的足迹。后来我才明白，高粱是和地里耕作的牛马、姥姥姥爷锄草的身影一同消失的，跟村东菜园子里那几口老井一样。

高粱，你去了哪里？那块旧箔帘，是姥姥留给我的最后一块，也是村东那群高粱来过的唯一证明。我将把它好好收藏，一同收藏的，还有那些关于高粱的故事。

田野里的向日葵

村东，田野里的向日葵，用力张开广卵形的大叶子，踮着脚，焦急地望着东方。

六条龙拉着的太阳车，驱赶着马群般的晨光，驰过开阔的原野，正向这里奔来。向日葵们不再窃窃私语，兴奋地抖动着头上片片明黄色的花瓣，大大小小浮起的全是黄澄澄的小脸。那些向着太阳绽放的笑容，有着朝圣者才能发出的浓郁、热烈而又虔诚的味道。来自太阳的金色和向日葵的金色在不断地碰撞、飞溅和跳跃，涌起一个又一个明亮的浪峰。

那个清晨，几十年后依然清晰。在那片灿烂的金色浪花里，蜂儿像鱼儿般畅游，震颤的翅膀，嗡嗡的响声，从这朵到那朵再到那朵，响成一片。欢悦，是我想到的唯一词语。

那时候，谁家的地里没有向日葵呢?

到现在为止，我仍然认为葵花是田野里最漂亮的花。难怪许多漂亮的女人要用它来做自己的名字。高粱的花暗淡，玉米的花单调，小麦和谷子的花毫不起眼，豆子的花又过于纤弱，只有向日葵的花才能称为落落大方。外面那圈耀眼的金色花瓣是它的标志性外延，花盘上一圈圈黄黑相间、由外而内依次绽放的管状小花是它的实质性内涵。整个花盘清新亮丽、辉煌绚烂，酷似一个小太阳。

后来，我读了凡·高的传记，那些迷人但难以描述的金色，让凡·高的向日葵成了一个金色的谜团。凡·高向着金色一次又一次追索，将灵魂献给它们。金色在凡·高的向日葵上不住地燃烧，向日葵是落在凡·高画布上的太阳。

在我的视野里，向日葵是落在田野里的太阳。向日葵用一生的时光追逐着太阳的金色。它把这种追求通过花瓣上的色彩进行酣畅淋漓的表达。在少得可怜的春雨滋润下，向日葵的种子在泥土中裂壳而出。向日葵短暂的童年和少年，在绿色里倏忽而逝，有如白驹过隙。当向日葵绽放出第一片金色花瓣的时候，它的激情一下子被点燃了，开始日复一日疯狂地追逐太阳，就像凡·高一次次画着向日葵。从日出到日中，从午后到黄昏，向日葵的花盘一点一点随着太阳转动，如奔跑的夸父。

故乡的黄昏是诗性的，夕阳的余晖在向日葵花海上做着最后一刻的停留。当最后一抹金色沉入苍茫的大地，原野上的赶车声，大车的吱扭声，就会沿着千百年来的土路，一步步回到村子的院落里。

日子慢慢被涂上泥黄，记忆在炊烟里摇曳。大树上落满了鸟雀的鸣叫声，鸡飞到矮树枝上集合，驴打完滚站起来大声抒情，马沉默地把头埋进水桶里痛饮。

劳作一天的男人们累了，村庄的夜安静而踏实。当整个村庄都沉沉入睡后，只有向日葵还没有休息。它们要用一夜的时间将扭向西边的花盘一点儿一点儿转回来，在日出前重新将花盘朝向东方，朝向太阳。

田野里，向日葵的金色高贵而饱满，绚烂而明亮，在绿叶和青秆之上，铺天盖地，不可遏制，田野的夏从此魅力非凡。

我就是在那个季节里喜欢上向日葵的，也是那时才注意到向日葵的花有两种：一种是外面一圈金黄的舌形花瓣，另一种是里面数量庞大、微小暗淡的管状小花。两种花，有着两种截然不同的秉性，有着非常默契的配合，这是大自然对向日葵的苦心安排。

我一度对落在向日葵上的蜜蜂十分着迷，冒着被蜇的风险用拇指和食指迅速捏住它的翅膀，看它翅上的花纹，看它后腿上的绒毛。老师说蜜蜂靠两条后腿采蜜，采蜜是为花朵授粉，正是有了小蜜蜂，向日葵才会结出香甜的葵花子。我一次次穿越向日葵地，一次次与小蜜蜂不期而遇，却从未遭到过它们的主动攻击。蜜蜂太忙了，它们不会无缘无故去攻击人类，哪怕遇到的只是一个孩子。它们只顾忙着采蜜，忙着从这株向日葵飞向那株向日葵。一棵向日葵的花期大约是两周，每一棵向日葵的花盘都要随着一圈圈管状小花的开与谢，迎来一批又一批的授粉者，由外而内，直到花心处每一朵小花都授过粉，结出饱满的果实为止。

小蜜蜂不再飞来时，向日葵已经长得很粗很高，曾经日复一日追逐太阳的花盘，已经结满了果实，变得异常沉重，不得不停止了转动，低垂下头俯视大地。曾经内凹的花盘不再羞涩地抱拢成一团，而是自信地微微向外凸起，将籽粒丰满的果实展示给大地。果盘上的那些土黑色葵花子，一个挨着一个，攒聚在一起，呈现出黑铁般的坚实色彩。它们共同组成向日葵的图谱，经纬纵横，沉稳内敛，庄重大气，如同穿越历史一路走来被人膜拜的古老图腾。向日葵用泥土的颜色装饰每一粒葵花子，这是向日葵的记忆，也是一种感恩，用最接近土地的颜色回馈生它养它的大地。

收割时，姥爷坐在车把上，一边抽烟一边看着向日葵。向日葵果盘的背面已经由绿转黄，它把另一种黄色朝向太阳。它们时时记得自己的名字叫作向日葵。姥爷站起身，扔掉烟把儿，拿起镰刀，走进地里。他把削下来的向日葵扔在一起，每隔一段堆成一堆，像一个个隆起的小冢。

我用手擎起一个向日葵，沉甸甸的果盘，硕大饱满，让人心里充满庄严。看着姥爷的背影，看着脚下的土地和天空中的太阳，我明白收割本身就是一种郑重的祭奠，用果实祭奠孕育它们的土地，祭奠照耀它们的太阳，祭奠在四季轮回中生息繁衍的祖辈先人。在姥爷的收割中，种子的破土，太阳的照耀，风雨的洗礼，汗水的浇灌，都化作向日葵一次郑重的叩拜，铿然落地。

谷子的重量

不见谷子已经很多年了。童年里的那片谷子沉甸甸的，谷穗低低垂着，连风都悄悄的。许多年后才明白，在绝大部分时间里，静寂一直是乡野的主题。

在那条狭长的地块里，谷子随着雨水的滴落开始破土。虽然无法浇灌，姥爷还是年年种下一块谷子，于是每年我都能喝上稠稠的格外香甜的小米粥。看着绿绿的小苗拔节，我的心里是快乐的，忍不住用小手摸摸它们绿油油的枝叶，就像姥爷用手爱抚我的头一样。

终于，谷穗从叶鞘中慢慢抽出来。绿色的谷穗一点点变得饱满粗大，随着时间的推移，颜色慢慢转向深沉。每一株谷子都挺直了腰杆，秆梢上的穗子长长地弯垂着，如优美的彩虹。你能感到，谷穗，不，是整块谷子地，在风中轻轻舞动。毛茸茸的谷穗，那丰厚的质感，被手指轻轻擒获，不禁开始猜想它离小米粥还有多远。

一颗颗带着香气的谷粒，从姥姥端起的簸箕里瀑布般流下，在笸箩里溅起欢快的小水花。一朵朵莹润的米黄，将我的眼睛照亮，为我蒙上一层湿漉漉的水汽。伸出手，抚摸着谷粒，感受那滑如丝绸般的快乐。捧起一把谷子，嗅一嗅淡淡的谷香，看一粒粒金黄从指间滑落。

米汤的甘醇，米饭的甜香，似走过万水千山，才能到达，其间蕴含的醇香与甘苦，被我的胃一一收藏。

当谷子被我从母亲的话语中偶尔捕捉到，当谷子被小学语文老师郑重告知后，那两个铿锵的音节就像一粒饱满的种子在我小小的心田里开始萌芽。我的谷子一年年陪伴我长大。我想知道，在过去贫瘠的土地上它是如何生根的，它又是如何突破干旱的重重包围，开枝散叶，最后结出沉甸甸的谷粒。我还想知道，它是如何给予那片土地上的人们以力量，给他们送去温暖，帮他们安顿好贫穷的生活。

在众多的农作物里，谷子的颗粒几乎是最小的，去掉谷皮后更是小巧可爱，泛着金黄的珠玉般的色泽。“小米”，多么让人喜欢的称谓，这是农人对于谷子努力生长的郑重肯定，饱含着谷穗般沉甸甸的尊重。

说到对谷子的尊重，还是源于谷子的生长态度，从落入土壤的那一刻起，谷子就开始一点点收集土壤里的水分和有限的养料，一边顽强顶开上面土壳的禁锢，一边倔强地将根扎进深深的泥土里。露出的茎叶，隐藏的根须，在空气和泥土中，努力伸展着，它要像树一样，生长。

“像谷子一样”——我记住了姥爷的话，做一棵像样的谷子。我知道需要用坚韧的力量去支撑起生活的骨架，需要等待和把握天降甘霖的那一个时刻。

那立于原野之上、阳光泼洒之中的谷子，你能无视它的存在吗？想一想遥远的过去，就会想到那些生活在黄河两岸的先民和谷子的传奇经历。黄色的土地，黄色的河水，黄色的皮肤，像谷子一样的黄色在我心中无声地蔓延……

垂首而立的谷子，静寂无声。在谷子的沉默里，有着生活的味道。

一粒谷子，很重，很重。

豆子小记

一

为了将一块荒地改造好，我启用了黄豆。当黄豆苗和芦苇、狗尾巴草、荠菜、蒲公英一同出现在春天的阳光里，对着蓬勃生长的草丛，我一下子没有了信心。

地里的土著居民中，芦苇的势力最大。芦苇的根绵长而有韧劲，刨不彻底就会死灰复燃。种豆子之前，我请人把荒地耕了一遍，帮黄豆消灭了很多敌人。从黄豆出芽到豆秧开花，我又锄了三遍草，但是芦苇还是会不断冒出来，有的地方甚至聚着好几棵，泛红的枝芽，翠绿的叶子，透着灵性。如果换作水边，会读出一首好诗。伴随豆苗生长的，还有许多到了节气才肯钻出的草，一茬一茬，锄也锄不尽。

我的豆苗时稀时密，一行一行与高耸的芦苇共享蓝天，它们在强悍的芦苇面前只有忍耐。

第二年谷雨来时，我又种了黄豆。这一次，豆苗像约好了似的，长得又齐又壮，除了一些稀疏的芦苇以外，其他的野草没见多少。黄豆似乎要把去年受的气全找补回来，疯了似的往高处长。齐腰高的豆秧，颜色翠绿，枝舒叶展。放眼望去，蓬蓬勃勃一大片。这里面当然也有我的功劳，看，我的锄头多亮！

后来，当我看到粗壮的豆茎，从上到下都挂满了一嘟噜一嘟噜碧绿的弯月形豆荚，走在地里，忽然有一种将军检阅士兵的感觉。

当我在秋风里用手捧起豆叶下面一捧潮润润的黑土时，我想，可以种小麦了。两季豆子养熟了一块地，明年芒种时，我一定能看到风吹麦浪的金黄。

二

因为地少，庄稼们也在争夺生存空间。豇豆知道争不过，索性就在边角地带和大庄稼缝隙中安心地活着。地头和垄里，给予豇豆的阳光，常常会打折扣。

母亲估摸着豇豆快熟了，就会让我钻进玉米地里摘豇豆角，怕摘晚了豇豆爆荚，也怕别人偷摘。我穿着长裤长褂，拎着竹篮，在蒸笼似的玉米趟子里钻来钻去，脖子和脸被玉米叶子划出一道道红印，经汗水一泡，痒得很。

地里很静，阳光被茂密的玉米叶子有选择地放进地里，零零星星地落在那些豇豆角上。细长的豇豆角圆鼓鼓的，有的太短竖举着，有的长些半弯着垂挂着，还有的斜搭在豆秧上。有些豆角已经炸开，空空的豆角壳打着卷，像散开的麻绳股，垂头丧气地耷拉着。地下没找到那些豇豆粒，不知它们飞到哪儿去了。说不定明年什么时候，就会从哪个角落里冒出一棵豇豆苗来。

顺手摘别人家豆子的事我没干过，总觉得背后有双眼睛在盯着我。从那些爆开的豆荚来看，我敢说别人没摘过我家的豆子。豇豆是诚实的，它能告诉人们事情的真相。

我欣赏豇豆，它能安心地活在自己的角落里，不在意能不能占有一整块地，也不在意是否引人注意，在它们身上，可以感受到一些古老的气息。

三

扁豆恋家，不会离开院子走得很远。它爬到篱笆上，把花一直开到深秋，把枯干的扁豆角一直挂到春天。

母亲在篱笆墙根处挖了几个小坑，撒下几粒扁豆种子，只消几场雨，它们自会缠着篱笆向上爬，将疯长的藤叶挂满夏天的篱笆墙，那一道绿色的屏障，会将路上的喧嚣挡住，赠给小院一个静的世界。篱笆墙外的藤和叶，真像一挂瀑布。藤叶间，紫红的扁豆花，在绿叶间飞起、落下，如一只只紫色的小蝶。紫色的“小蝶们”喜欢顺着藤蔓儿向高处飞，引得扁扁的豆角紧追不舍，却总也追不上。扁豆角名副其实，扁扁的，像一只只玲珑的紫红色小脚，挨挨挤挤，追过一片叶子，又追过一片叶子。扁豆藤的细梢在这些扁豆角的前面，率先攀到篱笆墙的上面，探头探脑向着院子里张望，希望能够找到一条绳子或一根杆子，这样就可以让紫色的“小蝶”和紫红的“小脚”一路跟到院子里玩。

我知道扁豆的心思，希望把它作为庭院花卉来养，或者在院中立一个扁豆架，在架下摆一张小桌，设两把藤椅，读书或者学习。扁豆一直觊觎院子门口的吊瓜架，总想有一天能让那些“小蝶”和“小脚”，赶走绿荫下圆滚滚的白皮大吊瓜。

换一架扁豆，在秋风里摇曳，应该也很美。

四

豆子的家族大，堂兄弟姐妹多，认识起来需要时间和机缘。虽然超市里有的是豆子，红黄青绿黑，不止五色，那些花的，个头上有大有小，差得不少，真是琳琅满目，但我对有些豆子实在谈不到有什么印象，所以只能对有过交往的豆子做个交代。

绿豆是可以和黄豆媲美的，需要拿出一整块地认真对待。小时候我就见过地里被割下来的绿豆秧，连蔓带荚滚成一个个大绿球，被表哥用叉子挑上马车。豆秧堆在院子里，我坐在豆秧堆前择豆角。我发现绿豆的名字跟它的颜色非常一致，连豆荚都绿得那么深刻。大笸箩里，一根根绿豆角像微缩版的豇豆荚，握在手心里，毛茸茸的，招人喜欢；绿豆角越晒越黑，阳光下你会听到微弱的爆荚声，啪，啪，啪，招人喜欢；一粒粒绿豆被剥出来，晾在笸箩里，放在手心里，圆圆的豆粒，涂了蜡似的，滑滑的，招人喜欢。

过去，黑豆在农村的地位低，没见它上过谁家的餐桌，只见它进过马槽。大人们说吃黑豆爱放屁，我对黑豆却很向往，于是盯上了饲养员大叔的小屋。我和伙伴偷黑豆吃的事，被我收藏了很多年。那时生产队还未解散，还养着好多骡子和马。现在黑豆变成了保健食品，高蛋白，低热量，富含多种营养，兼具多种活性物质，能降低胆固醇，补肾，益脾，祛痰止咳。真是“三日不见，当刮目相看”。

不认识的豆子还有很多，最有名的是王摩诘笔下的红豆，读来总让人心旌摇荡。豆子牵涉的名人逸事很多，曹子建以《七步诗》解厄脱困，五柳先生用《归园田居》淡泊明志，辛稼轩笔下的《清平乐·村居》，让我看到了遥远而平静的乡间田园生活。

豆子，养人养心，实在有些了不起。我想，我也该为豆子们写点什么，算是它们对我多年喂养的一点儿报偿。

芦苇，芦苇

一

淀里，一丛一丛的芦苇，肩并着肩，手挽着手，如千军万马，又似芸芸众生。

我不知道哪一株芦苇率先来到这里，但我相信正是它们在这方水域里的不断探索、不懈坚持，才有了这一淀完美的秋色。天地之间，似乎只有它们了。时光在每一株芦苇上都刻下一个标记，每一株芦苇都为这时光书写下一个传奇。芦苇的根在淀底里向着远方的目标延伸，在每一次艰难的探索中进行着抉择。芦苇的根伸到哪里，芦苇的茎就长在哪里，芦苇的叶子就铺展到哪里，绿色和歌声就跟着飞到哪里。只要有水，哪怕是几滴雨水，芦苇都可以在这天地之间继续开拓，绵延不绝。

二

“蒹葭苍苍，白露为霜，所谓伊人，在水一方……”三千年的秋风吹过，芦苇还在为那风华绝代的伊人守护着这首古老的歌谣。这天地之间的千年绝唱，以芦苇为幕，以芦苇为台，一次又一次演绎着不朽的传奇。芦苇，时间在你的身旁缓缓流淌，你在时间的梦里慢慢徜徉。

芦苇摇摇，追波逐浪。在白洋淀雄浑的脉动里，芦苇的声音自由而平静。水中的野鸭好像也受到了感染，优雅地摆动着脚蹼，在芦苇丛中漫游。苇丛里的鸟儿，从来不急于飞动，也不急于鸣唱，一切都要由它们高兴才行。任何一个方向，任何一枝苇秆，只有它们高兴起来，才会高歌，低语，婉转啁啾。

三

秋风中，荷叶已经泛黄，苍黄和斑驳亦开始从每一片芦苇叶子的边缘出发，在夏绿不断退让的舞台上翩翩起舞。苇缨在风中摇曳，芦花就要开了。这该是秋风中最后一波花事了吧？

秋风飒飒，苇叶沙沙，满淀的芦苇如海浪般涌动，飞起无数雪白的浪花。芦花这白洋淀里最轻最小的花，甚至比不得柳絮那般缠绵悠长，但它们在白洋淀上飘逸地飞舞，是那样壮观。夕阳给芦花染上一层红晕，给这份壮阔添了一层柔媚。

四

秋雨潇潇，无际无边。芦苇微弯了腰，接受这份秋的洗礼，一点点洗去尘埃，洗净灵魂。一场接一场的雨，不复夏日里的繁急，在日渐清凉的天气里，将芦苇引向秋的深处。

远空迷蒙，芦苇在这洗礼中慢慢沉静下来。它凝望着远方，心中的那个远方还在它的梦里跋涉。一年又一年，梦里的远方出现过，又一次次消失。远方只是远方本身吗？曾几何时，它的仰慕，它的追寻是多么强烈，甚至魂牵梦萦。如今，它不再过多地追慕生命的高度，不再过度看重绿意的饱满，犹如知天命的人，多了厚重，多了豁达，多了淡然。

五

秋霜已重。水鸟们准备离去。水面上回荡着鸟儿们扑打翅膀的声音。水泽渐至沉寂，一些留鸟，还在孤独地呼唤曾经的友伴。芦苇站在凄冷的淀水里，顶着一头灰发，略带忧伤地看着这一切，它想到昨日的明丽、热烈和眼下的萧瑟，百感交集。不过，它很快就回过神来，喃喃地说，不会总是热闹的，什么都是一样，还是做好自己最为要紧。

它记得，好多年前，立冬前后淀里的繁忙，每一条芦苇荡里都有各家各户船只的往来，每一块苇田里都有打苇人的身影，硕大锋利的镰刀会将它们齐刷刷地割断，有力的臂膀会将它们抱拢，捆扎起来，送上并排停靠的木船。那些日子，成了它们年年的期待。

六

雨停了，天变得高蓝，云变得洁白，阳光变得更加纯净。芦苇想起自己的前世今生，想起这方淀泊的沧桑变迁。自从它们来到这里，扎下根来，一年年春绿秋黄，见惯了朝代更迭、战争饥馑，见惯了物是人非、失所流离，见惯了堤坝崩溃、泽国汪洋，浩浩的历史长河，拼接出一条苦难而曲折的人间长路。

在这条路上，多少人来了又去，去了又来，如走马灯般流转，从荒芜到繁华，又从繁华复归于荒芜。这条路上，只有它们一直都在这里，不离不弃。这条路上，只有那些贫苦的水乡人一直都在这里，用一双粗糙的手将它们养育，夹泥肥田，拔草除虫，盼着它们从青青幼苗长成秀颀的芦苇。它们知道感恩，知道回报，甘愿被一把把镰刀割下，被一只只碌碡碾压，被一双双手编成苇席，打成苇箔，为天下人所用。它们见证了那些粗糙的手掌，灵巧的手指，夜以继日的操劳。那些酸辛的过往，是没有文字的史书，是人间流淌的河流。

七

霜降早过，立冬又过，芦苇们还在等待，等待打苇人的到来。它们知道，最近几年，要等到冰封大淀之后，那个时刻才会到来。

不知从哪一年起，苇席没人编了，苇箔没人打了，芦苇陷入了千年以来未曾遇到的窘境。那段时间虽然不长，可带来的冲击是空前的。苇田荒芜了，杂草横生，芦苇无人收割，无人管理。芦苇渐至羸弱，渐至不堪，年年新苇老苇交织，在无奈中变作一片枯黄。水乡人爱苇、护苇、打苇、编苇的场面消失了，无数人在叹息，在观望，无可奈何地默默离去。岸边的木船越来越少，村子里，同样荒芜的还有轧苇的碌碡，平坦的碾苇场，那些发生在碾苇场上的故事已经开始远离人们的生活，一个个慢慢变成传说。

八

满满一淀芦苇，在时间的河流里生长，在蒹葭苍苍的古老歌谣里摇曳，在一代代白洋淀人的呵护下，从青青幼苗长到秆叶金黄。每一株苇子曾经那么深切地嵌入到白洋淀人的庭院、街道、语言甚至血肉里，所有的艰辛、疲累、寒冷，以及我所知道的那些标志着生活困顿的形容词，全部停止下来，如落叶般从芦苇和白洋淀人之间飘落下来，纷纷扬扬，如同一场千年之雪。

有人说，芦苇是白洋淀的灵魂。白洋淀的芦苇，哪一棵不是经历了大自然的孕育，经历了一代代白洋淀人的遴选、栽培？白洋淀的芦苇，何其艰辛，又何其悲壮！先不说它们对白洋淀这方水土的净化功用，对来往迁徙鸟儿的庇护养育，单凭这千年往来的一番经历，就足以动人心魄。芦苇啊芦苇，路在何方？

九

是危机也是机遇，是坎坷也是桥梁，没有什么可以阻挡白洋淀人创新的脚步。在困难面前，白洋淀人没有退缩，一直在进行积极的探索，寻求芦苇收割、深入加工的新答案。当然，创新的路哪里会有坦途，更不会一帆风顺，甚至一蹴而就。看着清清淀水，任谁都不会让芦苇就此沉沦，就此荒芜下去，只要努力，就有希望，就有明天。

在芦苇面前，也唯有不懈的努力，才会有希望的最终降临。

十

在千里冰封的白洋淀上，一辆辆芦苇收割机排成整齐的队伍，隆隆地在冰面上行进，齐刷刷倒下的芦苇，被装车运往打包厂，工人们配合着抓草机和打包机，忙着进行压块、打包，一包一包芦苇被送走，加工成超细粉和特殊的颗粒——在制作月饼底托、一次性餐盒、自热火锅包装盒的过程中，芦苇积极参与其中。芦苇，正以另一种形态，另一种面目，重新融入我们的生活。在另一家工厂，芦苇化身为齑粉，在加工、冷却、消毒后，被分装进一个个袋子里，以菌袋填充物的身份成为蘑菇的温床。蘑菇被采收后，菌袋里的芦苇粉末，又被送往饲养场和养花基地，成为牛羊的饲料和花卉的有机肥料。

从浩浩的自然之景到精湛的芦苇工艺，芦苇呈现出不同层次的美丽；从固堤、生态、发电、造纸诸多方面，芦苇向我们展示的是大用之才。芦苇，本就是上天赐给白洋淀的不世宝藏。

十一

候鸟重回，春风又至，万顷芦苇冒芽吐绿，随风而长，用不了多久，白洋淀上又将是一片勃勃生机。

经历了风霜雨雪，了悟了荣辱得失，芦苇就像接纳众多河流的白洋淀一样，卸下尘沙，敞开胸怀，最终成就一片辽阔。

卷四

木船逸事

一

河对岸的苇子地里，横躺竖卧着七八条四舱船。船底蓄积的水藻样泥垢早已被风干，像镀上去一层暗绿的膜，只有淀水才能唤醒它们被尘封的记忆，打破那层坚韧，打开曾经的柔软。

我和三哥拎来淀水，一桶一桶泼在船身上。水从舱面上、船舷上漫过去，像涌过沙滩的水浪。也有泼溅在船底板上的，落在垫船的苇秆上面，发出窸窣的响声。几桶水过去，船底下聚积的水存留不住，往外流出去，汇成一股股小溪，流过河岸，重新汇入淀里。

我和三哥戴着双层橡胶手套，用钢丝球蘸着桶里的淀水，一点儿一点儿擦除舱面的污渍和船底的泥藻。我们的船用得不怎么节省，卸货时砸在船板上的痕迹随处可见，最显眼的那几道还泛着白。它们晾在眼皮子底下，让人想起岁月、磨砺这类词语。为了生计疲于奔波时，很多细节都是粗糙的，哪里会顾得上精致，精致与体面有着丝丝缕缕的联系，微妙而曲折。船上没有墩布，卸完货又没时间用抹布擦船，日积月累下来，偌大一条船上连一块有光泽的地方都难以找到。这很像我的日子，这么多年过下来，表面布满了风化的裂纹。船下是触手可及的淀水，船面喜爱干净却不可得，是我们的懒惰让它沉沦为蓬头乞丐从未洗过的脸。连我们自己也嫌弃它，坐船时要找块废纸板垫在屁股底下，即便我们的裤子上也带着尘土。

船是二手的，价格没得说，只是毛病多的和价格成反比，让人费神。船的后舱里，扔着往外淘水的家伙，是用废机油桶改造成的。每天摇船前的第一件事，就是用它把昨天夜里渗进舱里的水淘出去。这种淘船的东西因为廉价易得总留不住多少时日，村边挨着的船少有不漏的，谁用谁就蹬着船过来把它拿走。

我和三哥给船"打了个章"，把船反扣在岸上。在淀里，"翻"这个字是忌讳说的，要用"打个章"代替，至于是不是这个"章"字，我就不知道了。船板的木色大部分已经洗出来了，是一种淡淡的灰色，像在船板上面浮着似的，干涩涩的，没有一丝生机。船板上，有些地方的污渍已经渗进木纹里，一块块污浊的色调都是长期浸染的结果，很难通过擦拭清理干净，船板一干就又恢复了原态，除非用刨子将船板的表层刨去，才能露出木质的洁白。这是所处的环境，千百日里施加影响的结果，当有一天终于发现，想做出改变时已经非常困难。我们只是修船，没有刨船板的打算，只要船不漏就行，至于是否好看，没在计划之内。看看旁边那几条船，尤其是田家老大的那条，暗红的木色依然泛着油光，真是让我感到愧对自己的老伙计了，日日风里来浪里去，如果我们的船会说话，我都知道它会骂我们到什么地步。

二

三哥跑了趟城里，买舱船用的东西，其中一样是桐油。调和漆普遍应用于油漆门窗之前，家家户户用的都是桐油，岸上老根哥家的门窗现在用的依然是桐油。

我上初中时，环城路的堤坡上种满了杨树，一排一排错落着下到堤脚去。堤坡南边是庄稼地，堤坡北边只有几户人家，坡顶上的公路很有公路的样子。不像现在，房子挤上堤坡，车子停满路边，白天夜里都像一条胡同。在阳光灿烂的日子里，我在坡下的院子里看见卡车，或者拖拉机，拉着很大一条木船从堤顶上茂密的绿色里穿过。树叶子“唰啦啦”地响，大船在我的仰视里，从树干与树干的缝隙间一帧一帧度过去，极像后来怀旧电影里的镜头。那样的情景瞬间抓住了我，几十年一直不放。阳光下，大船新鲜的木色和闪动的光点，漂亮得无法形容。我跑上环城堤，使劲嗅着木船遗落在空中的香气，目送它们一点点走远，猜想它们来自哪里，去往何方。

艌船师傅随手递给我一个船钉，让我用它勾出木船板缝里的旧灰。船钉的短尖伸进去，有时碰到的是豆腐渣，有时只能在灰的表面划出一道白印。陈年的灰有的紧致得很，有的早已松散不堪，哗啦啦掉落出来，残兵败将一般，两条缝离得不远，却完全不在一个状态上。当初把灰塞进板缝里时应该都是致密的，不然船就会漏水。一年年下来，日晒，水蚀，脚踩，货物的碰撞，木板的变形，都会对灰产生影响，很难说得清跟哪一项的关系最大。就像人的身体出了问题，如果问得病原因，找来找去，似乎和很多因素都有关系，不单单是哪一项的主要责任。身体也是条船，在人世间漂泊了几十年，担负着许多责任，有时用得难免过度，时间久了，疾病自会找上门来，这和船板漏水是相似的。无论哪种船，都需要保养，只修不行，船需要养，身体更要养，不能等到出了大毛病再想起修理。

船头经常落脚的地方，有一小块木板松掉了，需要补块新的。师傅从我备的木板里挑了一块，用斧子砍了起来。俗话说“长木匠，短铁匠”，板子的尺寸要比洞稍大一些才行。师傅砍两三下，就拿着板和船头的洞比一比，砍两下再比一比，等到和洞的形状基本吻合时，就将它塞进去，再用船钉固定好。补上去的船板，让那里看上去有了筋骨，舱面也一下子坚固起来，不再是软塌塌的样子了。

三

艌船的师傅姓刘，是三哥从四门寨请来的。四门寨以造船闻名，早年间几乎人人都是造船行家，有着传奇般的历史和说不完的故事，就坐落在这片淀水南边那条长堤的弯里。往那个方向望去，寒冬未尽的淀面上雾气蒙蒙的，南边的堤并不十分清晰。

我的朋友曾带我拜访过寨子里一位老人。他家院墙外撂着一条未完工的四舱木船。从黑乎乎的门洞里走进去，院子里有些拥挤，两边的木料一层层码得很高，只留下一条通道通往正房的门口。西边的配房里，墙壁上挂着的一些造船的工具。老人领我们转到后院，去看他的宝贝。那是整整两柜子船模，整齐地摆放在搁架上，大的小的，有二三十种样式，除了鸭排子、鹰排子、四舱、六舱外，其余的我都没见过，它们和景区里卖的船模完全不同。景区摊位出售的那些流水线产品，和白洋淀的船型无关，和造船人的手艺更无瓜葛。在这座简陋的白洋淀木船模型展览馆里，我们除了惊叹和赞美，完全找不到别的词语。

老人侃侃而谈，为我们介绍每一艘船模的名称，讲解它们的组成部分、主要用途和附带的有趣故事。他从十岁起跟随父亲去天津干杂活学手艺，七十多年里走过很多地方，白洋淀的村子他熟悉，北京的颐和园、北海公园、陶然亭公园，华北东北的各大水库，他也熟悉，他在有船有水的地方生活，造船，修船，艌船，像一只按照季节往返于各个水域的候鸟。鸟总有飞倦了、飞累了的时候，他老了，干不动造船的活了，就想把自己造过的船做成模型。从有这个想法，到摸索出 15∶1 的比例，再到做出有帆有桨、舱门能开能闭的精致船模，经历的过程，比他造白洋淀木船还要艰难。

老人顿了顿，大概是不愿意回想那些让他难受的事。他对我们说，他有“白洋淀传统造船技艺代表性传承人”证书，他造的船模也给他带来了声誉，但他要的不是这些，很少有人真正理解他。

他习惯把他造的船称作他的船，他想念它们。有时他会去淀边转转，有船的人家越来越少了。造了一辈子的船，可现在还有几条木船在淀上行驶呢？白洋淀上的木船在一条一条地消失，消失一条就少一条。他们村以造船闻名，现在却没多少人造新船，更没有孩子学造船，说不上愿意或者不愿意。这几年流行用一种新型材料把木船包起来，不用再年年舱船了。淀里的铁皮船越来越多，造价比木船要低，安上螺旋桨就不用摇船了，省力气不说，还跑得快。现在是一个追求速度和方便的时代，老手艺有些吃不开了。

他絮絮叨叨地说着，介绍船模时的兴奋表情消失了。白洋淀的木船确实越来越少了，离那个一年造出二百多条木船的时代隔着山隔着海。我们劝他不要难过，白洋淀的木船绝不会消失，造船的手艺更不会消失，以后还会有很多的船让他造的。话虽这么说着，可我们自己都觉得说出的话是那么轻飘飘的，一点儿分量也没有。

挥手告别时，看着老人满头的银发，心里的滋味有些复杂，不知该为他的船模高兴，还是为他造过的那些木船难过，仔细一想，又觉得这些都不是，有些酸楚，又有些……

四

在拜访老人之前，我去过四门寨几次，都是从村西进去，近村口处原来好像有个作坊，作坊前好像有过一条木船，后来再经过时，船和作坊都没有了。现在回想起来越发有些模糊了。

从老人那里辞别出来后，几次回想他说过的话，不禁有些怅然，一个从木船制造的鼎盛时期走过来的老人，目睹造船业的凋零，不得不用制作船模作为对自己的慰藉，那份感触是别人无法深刻体味到的，即便是我写下这些话时，也只是一种揣测，始终隔了一层，无法把意思表达得翔实且准确。我感觉我没有真正理解那些船模。对船的理解，只有你摇上它的双桨，在风浪中的淀面上划过才有可能抵达，说到底，我只是个无关水村人生活痛痒的看客，我或许能够找到它们，却始终无法抵达它们。那个时代，水乡的人们常年漂泊在水上，夹罾子、下网、运货、赶集、出门串亲戚、到苇子地里干活，哪一样离得了木船？淀里淀边哪个村子不和四门寨打交道呢？那些散发着桐油的气息、崭新的木船，在交付出去的时候，那些造船的人，目送它们离开时会是一副怎样的表情，是高兴、不舍，还是别的什么？

我发现我又陷入一种无端的情绪里，连忙将思绪拉了回来。发达的公路网和不断提升的速度，已经将造船变成一个写在纸页深处的词语，虽然它还活在一些造船老人的心中，停留在像我这样对造船感兴趣的人的嘴上，但毋庸置疑的是，这个古老的行业已经从寨子里退出去了。兴替是自然的法则，只是不知道白洋淀木船制造业的前景如何，会拐向哪个方向。

这时，我想起上个月采访造船厂的事，又不那么肯定了，或许一切还有转机。

四门寨村西大道边有座造船厂，很多次经过那里，厂子里面都安安静静的，听不到斧凿啄木的声响，既没见木头被拉进去，也没见船被运出来。我一直奇怪，这个造船厂在造什么样的船。

造船厂的占地面积并不太大，展厅里陈列着几种白洋淀渔民常用的木船，是对外展示和介绍用的。旁边巨大的制作车间里，一条没有完工的大型画舫占据了大部分空间。车间负责人介绍说，这种船，是为大型公园制造的游览用画舫。船体为现代玻璃钢材料，克服了传统木船的不足，上半部分是纯木材料，有中国古建工艺装饰，具有鲜明的中华民族特色，是中国古典建筑与船的一次深度融合……

介绍还在继续。我随手翻开一本宣传册，看到一艘艘在北京北海公园、颐和园、雁栖湖上游弋的新型龙舟、豪华仿古游船。那是一个从白洋淀走出去的造船人，经过多年打拼后，对现代化造船工艺的不懈探索，里面有继承，有舍弃，更多的是深沉的思考。

传统木船，镀锌铁皮船，玻璃钢游船，仿古建画舫，一一从我脑海里闪过，那是一条白洋淀船只的河流。在这条河流之上，始终有一道幽微的光亮在晃动。虽然我目前还不能判定出什么，但只要有白洋淀的造船人在，白洋淀的木船就不会消亡，我相信我的推断。

五

刘师傅很健谈，跟我聊了不少与造船有关的事。比如，四门寨最红火的时候，有八大造船作坊……造一条船的工序有二十多道……造船工具不下二十种……他问我见过对艚船没有，问我知道斧子可以砍铁钉吗，还跟我讲怎么选槐树……

就在他讲得眉飞色舞时，我突然心血来潮地打断了他，刘师傅，你造过船吗？他见我表情严肃，马上点了点头，随即愣了一下，下意识地不再讲下去了，重新低下头艌起船来。我从他的动作和表情里意识到已经冒犯了他，有些后悔，不应该抛出这个追问，那样我会知道更多与马家寨和造船有关的事情。我知趣地站到一边，气氛变得有些微妙起来。

刘师傅剁好了麻，用桐油调好了灰，托着灰板儿，拿凿子往船缝里一点儿一点儿地嵌灰。斧头不住地敲打着，咚咚的艌船声并不总是保持在一个音高上，而是有高低之别，听起来还有些韵律感。

为了回缓有些紧张的气氛，我递给他一根烟，向他打听三个人，他们村的，哥仨的老大和我年龄相仿，姓名忘记了，十多年前给我装修过房子。刘师傅停住吸着的烟，吐出一口长气，说他们早就不做了，老大好几年前骑着摩托车，撞在路边的石头敦子上，人没等抬到医院就咽了气。

话题没能继续下去。我原本打算要好好称赞一番哥仨的手艺，一下子没了说话的方向。记得当初装修时，和邻居一同找的他们，先是包工不包料的，后来因为急于搬进新居就改成了全包。我和哥仨的老大商量时，他没说别的，只蹲下身去，取下耳朵上夹着的铅笔，在一块装修用的木板上画了起来，没一会儿就站起身，应承了下来。那一晚，哥仨一直干到了十点多，以后很多天里都是如此拼命，很快就把我家的活干完了。

师傅低着头继续艌船，咚咚的敲击声有些沉闷。老大的遭遇让我的情绪变得低落，许多话都咽了回去。本来我想跟师傅说，四门寨的艌匠改行搞装修的不少，有木匠的底子，事半功倍，想问问他为什么不去做装修。那哥仨的活干得确实不错，在我们小区干了好长时间，口口相传的信誉，是靠得住的。到现在，家里的门窗口子、隔断依然结实。那时，刚刚时兴红胡桃的装修材料，到现在快二十年了，摸上去依然平滑，像新的一样。哥仨里老大的死让我想起亡故的弟弟，同样是一瞬间的事，将身体和附着在上面的勤勉、辛劳通通一笔勾去，那么轻，轻到像烟一样没有丝毫的分量，可又是那么重，重到无法抬起一丁点儿，哪怕露出一道缝也是好的，让人能够看到一丝光亮。那个老大是在回家的路上出的事，那么熟悉的路况，不知为什么那么不小心，是出于激动，还是喝了酒，摩托车要开到多快才会来不及躲避那个坚硬的碰撞？几年前我就听过这件事，后来还见过被掀翻到堤坡上的水泥墩子，只是没想到死去的人是他。他跟我说过的话，现在我还有些印象，他说他搞装修以前干过木匠，学过排船，他也曾是个造船人呢……那时，我还不了解四门寨，他说这些时没有过多在意。

六

刘师傅舱船的敲击声反反复复地响着，如压路机在反复进行碾压，也似老牛反刍不停地咀嚼着干草，当混合了桐油的麻灰与最后两块船板浑然结为一体的时候，舱船的工序也接近了尾声。我和三哥端起盛桐油的碗，用刷子小心地刷着每一条船板。桐油散发出的刺鼻气味是那么强烈，我们被长时间包围，即使戴着口罩也无法阻挡。

当我把最后一刷子桐油涂抹到船舱的底板后，我如释重负地站起身来，一手端着油碗，一手捏着刷子，舒服地伸了一个懒腰。那样子，好像一只挥舞着钳子的小龙虾。眼前的四舱船已经焕然一新，也像田家老大的那条船那样，泛着红润润的光泽。它在残冬的暖阳下闪着斑斑光迹，每一次角度的转换，都会给我留下新的印象。它太像我在堤坡下院子里看到的那条船了。在阳光灿烂的遥远的日子里，卡车载着木船穿过长满白杨树的环城堤远去的情景，又一帧一帧浮现出来，我明白那切换出的，只不过是自己迷幻的少年时光的幻影。由此牵连在一起的那些造船的人，越发变得神秘。

舱船的师傅临走时，对我说："我会排船，你应该相信我……"

舱船的师傅走了，带着他的工具袋，里面装着他刚刚给我看过的斧子。那把斧子很奇特，一面和平常的斧子一样，另一面则直上直下，好像是把普通的斧子从中间劈开了似的。我笑着还给他，我相信他，从采访过的那位老人那里我见过这样的斧子。

长堤那边的四门寨，真是一个谜，就像一个包有好多层皮的包袱，虽然去一次会打开一层，但你很难看到它最核心的秘密。

心中的河流

一

那天，我没像往常那样踩着船板的中间部分下到舱里，而是沿着一脚多宽的船舷，一步一步走向船尾。踩下第三步的时候，船忽地往左一歪，身子跟着往下沉去，像一脚蹬空，又像陷进棉花堆里。当全身的重量集中到那只脚上的时候，我也把自己交出去了，像一个游戏，又像一个赌注。

很长时间里，船舷对我来说是不能站上去的地方。一旦站在船舷上，就有溺水的可能。除非你会使船，会游水，或者穿着救生衣。在船上，面对船下的水，人们的态度是不一样的。有人把船舷当作跳板和平台，是下水畅游，还是上船休息，全凭个人兴趣。有人即便会水也不愿往下跳，只坐在船里看那些人劈波斩浪。至于不会水的，哪里有选择权，只能坐在船里，无时无刻不在企盼着平安。一船的人都在朝着彼岸进发，各自情况却天差地别。

船舷让我想到的是悬崖。悬崖是一个有深度兼具高度的地方，从哪个角度看都会让人心生惧意。站在悬崖边上，往往会让人想起像死亡与生存这样的重大话题。悬崖充满仪式感，先声夺人，充满威压，好像和船舷完全扯不上什么关系，可船舷在我眼里，就是一道悬崖。船舷的外面，是神秘莫测的水。水的神秘，远在悬崖的虚空之上。

我不会游水，无法在江河里畅游，更享受不到与风浪搏击的快感。我对水始终怀着一种复杂的情感，想亲近它，又不敢深入其中。幼时的几次戏水，都是在小河边练习狗刨的把戏，周围有为数不少的伙伴。我羡慕他们中的能手，可以游出很远，扎出很深的猛子（扎猛子：游泳时头朝下迅速钻到水里）。深水区袭来的凉意让我有一种莫名的恐惧感，不敢再次尝试下潜，总觉得再往前几步将无法预料结局。在我没有练就过硬的游水本领之前，我不敢将自己的命运交给我的伙伴，更不敢远离河岸三尺之外。

二

我在船舷上走得很稳，没几步就来到船尾，毕竟天天上船下船，已经渐渐熟稔并适应了木船的倾斜与动荡。我一把抓住向我伸过来的棹把子，稳稳站到了船的后舱板上。三哥说得对，我一开始不想学摇船，是没想到会在船上待这么长的时间。来来回回坐船，这么大的人干坐着，总有点不大合适。以前，我摸过棹，不过不算会摇，我还没有解决棹磕腿的问题。小时候摸没摸过船，长大后是不一样的。半路出家学摇船，学不彻底，动作里的僵硬感始终存在。

我刚开始摇的那两下还行，船能直着往前走。就像程咬金耍过三板斧，到第四下船就不听使唤了。船头执拗地向着右边转过去，活像一匹扭头去啃道边谷穗的马。小时候我牵过马，偷吃东西时它的劲头贼大，怎么拽也拽不住。

船头还在向右转，已经快转回去了。坐在舱里的三哥说用棹拨着点，还一边用手比画着。可怎么拨，我真不知道，心里干着急，手上不知道怎么使劲。船上也没个缝，要不然我就顺着船缝钻进河里去了。要怪就怪自己，这么久了没动过学摇船的心思。

三哥摇船的姿势真标准，他从小就会摇，船是他的伙伴，像骑兵的战马，剑客的剑。他肯定没考虑过摇船的姿势是否标准，只有像我这样的练习者才会这么想。

打那儿以后，我迷上了摇船，尽管摇得难看，摇得费劲，还是一个劲地摇，就像回到了小学三年级，满大街练习骑有大梁的车子，不怕磕青了小腿、磕破了手脚，有一次下不来了，一头扎进了麦秸垛里。

三

村子的东南角上，有三间老房，院子下面就是白洋淀。淀边有三棵大柳树，常有人坐在树下钓鱼。这些人瘾头忒大。我们去的时候，他们已经来了。我们回来的时候，他们还坐在那儿，常看见银闪闪的小鲫鱼颤悠悠地顺着水面向岸边漂过来。

这儿是我们驻船的地方，离淀里的小岛很近。往南摇一二十米，横着穿过一道苇壕，再摇过一条大河就到了。一早一晚，白洋淀上无风无浪，平静得很。

白洋淀的春天，晴暖的时候，有一种久远的荒原感。大淀里的芦苇还没有长起来，苇田是逼近深褐的原始色调，水面涨得很高，看上去明亮亮、晃荡荡的。苇田和淀水，一个深情，一个明丽，相互依傍着，很难说清谁围绕谁，有一种哲学的味道缠绕在里面。我站在淀边，把刚刚开花的榆树枝条虚化，给白洋淀罩上一层面纱，让相机给它留下不一样的印象。

春天的白洋淀，阳光还不太刺眼，一块一块的苇田里，立着重新长出叶子的杨树，三五棵，七八棵，这一片，那一片，彼此呼应着，向着远方分散开去。杨树的叶子还在长，大大小小，深深浅浅，还没有达到最稳定的状态。此时的白洋淀，底子是疏朗的，调子是明快的，正应了“春和景明”这四个字。

村外的河，静静地躺在阳光里，好半天才过一条船。有些夹罱子的船，沿着苇地边前行，不到跟前很难看到。有时会听到从船头响起的敲击铁片的声音，当当当当，连续而又强烈地在水面上滚动，一趟，一趟，滚过来，滚过去。

我的船离开岸边，木桨拨开水面，一圈圈涟漪荡漾开去，慢慢化作淀中的微风，含着丝丝缕缕的甜，杂着淡淡的腥，还有一点点的鲜，气息很好闻。

四

三哥摇船，你看不出他用多大的劲儿，两只棹出水入水都带着一股飘逸劲儿。他这人爱说话，有时一边摇船一边跟我讲他小时候的事。他跟着大哥去淀里干活，有时遇着大风，根本就摇不动，有时船会被风刮到苇子地边上。摇不好船要挨骂的，摇不快也不行，去一趟四门寨，来回多远啊，还要干半天活，受的那个罪啊，甭提了。

去岛上，要经过一条苇壕。苇壕不长，到了四、五月份，水面上会长满荇草，厚厚实实的一层。到了里面，只能用两只棹一下一下拨着前进，跟蜻蜓点水似的。要是两只棹被荇草缠住了，就得把棹从棹丫子上取下来，把荇草抖落掉，再重新挂回到棹丫子上去，很是麻烦。有一次，我的船被荇草困在了苇壕里，进退不得，费了好大劲才摇出来。每到那个时节，我都绕着走，哪怕远点儿也乐意。

这种荇草大多长在苇子地边上，一点儿一点儿向外扩张着它们的势力。一大片绿生生的细叶子上，向上立着一个又一个尖尖的黄绿的嫩梢梢，一两厘米高的样子吧，像一群踮着脚向外张望的小人，探头探脑的。

这种荇草只在这个时候才会长得繁茂。过不了多久，它们就不见了，搞不懂是被人们捞了去，还是烂掉了。夏天时再过那道壕，水面上变得干干净净，无遮无拦。在白洋淀里，每种植物都有自己的生长轨迹，真的很神奇。

五

盛夏的白洋淀，水面成了最大的反光镜，阳光刺眼的白，风呼啦啦的热，没有顶棚的船，让人无处躲无处藏。不戴帽子的话，用不了半天，就会把人的脸晒成刚出锅的虾。

那时候，白洋淀补水还没有达到现在的水平，水线退得很快，夏天要是赶上长时间不下雨，用不了一个月，水位就会退下去一米多，露出淀边楔着的整根木桩和大树盘曲的多半个树根。淀水从春天时的清亮转为浑浊，快艇螺旋桨搅起的涌浪里翻滚着茶黄的色泽。

我上下船的地方，已经高出船头不少。个子矮的人，如果没人拉一把的话，恐怕得另找地方上岸了。

七月的白洋淀里一片繁忙景象，特别是到了周六，快艇、游轮、小木船在淀上穿梭往来。村子外面的那条河是去往几个小岛的必经之路，一到中午，来往的船只会把河道占得满满的。小快艇一艘接一艘飞过，像红色的箭，在河面上犁出一道又一道巨大的 V 字形水浪。大游轮看着好像不快，但转眼间就会来到你的眼前，它们常常鸣着长笛警告那些横穿水道的小木船。去往小岛的木船，在汹涌的河水里颠上跌下，真让人为他们捏把汗。这段水路，让人想起滚开的粥，咕嘟咕嘟冒着气泡。

六

三哥有事没来，我把货搬进舱里，一件一件码放整齐。载货的船以平稳为上，码货时要注意对称，船头不能太沉，摇着费劲不说，更摇不快。货要倒腾好几次，从车里卸到坡上，从坡上搬到淀边，再码进船里。

淀里水位高的时候，船头略高于淀边，可以从坡上一直把货拎到船舱里面。两只胳膊拎着东西在船里行走，是一件很有节奏的事，像跳一支舞。船会随着你的进入往前漂，但马上会被锁在岸边的铁链子抻住，发出“当”的一声，像是乐队指挥落下的一个休止符，张开的拎着货的双臂，前行的上半个身子，都会在这时来一个悬停。这是个有点儿难度的“舞蹈动作”，在充分考量船上“舞者”的基本素质。船在后退，你在前进，一荡，一抻，跟着一晃，很有生活节奏的味道。

现在，水面落下去了很多，少了行云流水的船上舞蹈，多了搬上搬下的劳累，直到累得气喘吁吁，汗流浃背。水面与河岸的落差会增加人的烦恼，什么词语都不是凭空出现的。

七

我把船摇到苇壕的出口，盯着河面上穿梭往来的快艇，不由得愣在那儿，一时间打不定主意是往前划还是再等一等。这条河足有五六十米宽，对面的小岛现在看上去是那么遥远，仿佛隔了无数道关卡。就是这一愣神儿的工夫，船被一道涌来的大浪一下子推回去一丈多远。我连忙把船摇正，让船头正对着波浪涌来的方向，好破了它的冲劲儿。水浪啪啪地拍着船底，发出一阵一阵的沉闷响声，像是在催促，又像是在嘲笑。怎么办？我又一次问自己。只有穿过它们，才能把船靠上码头。我狠了狠心，一咬牙，摇起两只槐木棹，硬着头皮向前冲了出去。

好在船舱里有货，船走起来还算稳当。我用最大的力气摇着，两只棹几乎抡圆了，一下一下迅疾拨动河水，四舱船活像一只伸直脖子扑着双翅在水面上飞奔着即将起飞的野鸭。我的前面后面，是一道接一道擦着水皮儿飞速掠过的红色闪电，那些小快艇好像飞来的箭矢，要将我和小船洞穿。快艇上坐满了穿着橙红色救生衣的游客，开快艇的人只用一只手掌着舵，面无表情地坐在船尾，头发被风吹得向后背过去，快艇“嗖”的一下漂远了。

在动荡不安的水面上，我终于靠近了码头外面搭在浮筒上的栈桥。栈桥边早停满了船，都在不住地上下颠簸着，发出哐啷哐啷的巨大声响。我找了个较大的空当儿，身子前倾着，双手用力往前推了一下棹，让船靠着惯性冲到栈桥边。我跑下船舱，跃上船头，拎起缆绳，攀上栈桥，先拴好船头，再拢上船尾，干完这些，稍稍松了口气。

卸货时，滚滚而来的大浪凶猛地拍过来，一浪接着一浪，恶狠狠地想把我的小船打翻。小船剧烈地左右摇晃着，像一只正在摇煤球的筛子。我不得不蹲下身来，扶住身边的栈桥，真怕一不留神栽下船去，在汹涌的水浪面前，我知道狗刨是不管用的。

卸卸停停，停停卸卸。即便这样，额头上的汗珠也像夏日的雨点那样倾泻而下。一件件货被扔上栈桥，再一件件码起来，像一个四四方方的小垛。

我直起腰，一手拎着一件货，一步一步登上高高的石阶码头，迈步踏进朱红色的景区大门。我的体恤衫已被汗水湿透，紧贴在后背和前胸上。

迈过门槛时，门洞里有风掠过，后背倏地一阵凉爽。我不觉回头看向水浪翻滚的河面，刚才的那一幕犹自在心底里回旋，真如做梦一般，我确是从那波峰浪谷间穿过，似鸟儿一样飞过来的。

八

后来，我又多次从这条河上摇船经过，一次比一次从容。其实，村外的那条河一直是平静的，是游轮和快艇让它一时间变得有些喧嚣，不过，这种干扰只是暂时的，绝大部分时间里，它都是安静的。那条河逐渐为我所熟悉，不复有那次穿越一道道关隘的感觉。大凡第一次的经历总是深刻的，难以忘怀它给予自己的体验。舱里的货物，既是我承载的任务，又让我的船不至于太过轻飘，有它们给我压舱，我的船才行得平稳。也是它们给了我勇气，逼我把全部的力量激发出来。

摇船是我喜欢的。我可以摇着它去钻村东村北的芦苇荡，也可以摇着它去看村南的那片荷花。芦苇、荷花、水草，是这片淀水里的宝，是永恒一般的存在。每当看着它们，无论何时，我的心里都是高兴的。

我的心中始终存在着一条河。这么多年，它一直在流动。它从村边流进白洋淀里，源头在那岁月的深处，往上可以抵达童年。其实，每个人的心中，何尝没有一条河呢。我们都在用一生的时间渡着自己的河，划向自己的彼岸。

走向栈桥

冬天接近尾声时，栈桥又一次凸显出来，给人一种回归的感觉。满淀的芦苇不知什么时候被人打去了，苇田里的树一棵一棵，看上去是那么孤独。在微寒的空气里，苇田有些深沉，是一副沉思的表情。

我不记得这是第多少次走向栈桥了。几年前，栈桥就立在淀边，像半个括号，只是不知道“括号”的另一半在哪里。每次去，我都会在桥上停留一阵，然后默默离开。去之前我常常想，栈桥这半个括号想要包括些什么呢，栈桥对我和白洋淀又意味着什么？夏秋两季，它沿着芦苇荡的边沿奔跑时，它看到的和我看到的，是一致的吗？

栈桥从堤脚出发，在淀里绕了半个圈，又回到前面的堤脚下，像是一次出发，又像一次回归，只是旅程稍微有些短，对淀的探索不够深入，浅尝辄止。在栈桥上，白洋淀给我的感觉，与我高踞在堤顶上对它的俯瞰是不一样的，只有身处芦苇荡的包围之中，才能对白洋淀有一种真切的感觉。这种感觉是随着在栈桥上一步步行走，往淀里一步步深入带来的，就像把手伸进水里、沙子里一样，需要身体的感知才能完成。这和划着船或坐着船在淀水上的游荡又是不同的，感觉还是比它们多了一层隔膜。栈桥南边不远处，无论冬夏，都有人在淀里游泳，只有他们亲身体验过一年里淀水的冷热变化，才知道淀水对于他们意味着什么。栈桥边，常年停着一艘铁皮小船，有人划着船在栈桥边往来。栈桥上的行走，介于陆路和水路之间，更区别于飞行和游泳，是另一种体验白洋淀的方式。或许是出于某些方面的考虑，栈桥的桥面没有做成玻璃的，让人走在上面没有什么顾虑，心安了许多。路的下面能不能被看到，效果是不一样的。

伸进淀里的栈桥，具有很强的仪式感，每隔一段距离桥基上就会冒出一座建筑，有凉亭、水榭、拱桥、望台，可以在上面驻足片刻，登高远眺，将视线投向淀的更深处。从这个角度讲，栈桥是堤的延伸，像一把金色的钥匙，做着探寻白洋淀的努力，在试图打开通往自然世界的那扇大门，为我们揭示时间与人生、空间与历史的另一层含义。在这些水榭亭台上，有集了古人诗句的楹联。默默读了，眼前便会投下一片遥远的景象，来往于白洋淀上的文人墨客在那景象里影影绰绰地显现，好似泛黄的纸张被一页页打开。水榭之上，常有人逗留赏景，除了年轻的情侣，也有老人带着孩子的，还有夫妇二人在小桌边闲坐，看孩子们打闹。有时会有风筝从水榭里飘出来，似一串抖动的音符飘向邈远的空际。

在白洋淀弘阔的背景下，长堤下的栈桥像一段叙事，又像是一个说明，但并不显得渺小。在了解白洋淀的途径上，栈桥为我和许多人提供了另一种可能。第一次见到栈桥时，我有些兴奋，和熙熙攘攘的人群一样，立刻走了上去。

对我来说，栈桥是一种选择。栈桥让我想起读书的时间——黄昏或者黎明，那是一段段悠长缓慢的时光。站在堤上俯瞰栈桥，有时我看到的是拒绝，有时是放弃，更多的时候是坚守。在栈桥的每一个表情里，我看到了它们背后隐藏的秘密。

去往栈桥的人们，都把从容写在了脸上，他们拒绝风雨兼程，拒绝把喧嚣和疲惫带到这里。在他们眼里，栈桥是船，是港湾，是一片宁静的沙滩。去栈桥的人们，都在遵守一个约定，又像在进行一场逃离。在越来越追逐效率与速度的时空里，这是一段反方向的旅程。这座没有交通功能的桥，好像一条隧道，连通着心灵与心灵之间的入口。在这座不能抵达彼岸的桥上，我看到了尘世间不一样的选择与守候。

来栈桥的人，脚下的步子是缓慢的，表情是轻松的。他们把生命本真之外的很多东西放在了栈桥的入口处。栈桥拒绝它们的进入。每次来栈桥，人们都要整理一番，将一些东西舍弃，这是栈桥的规矩，就像人们当初把这些东西主动背在肩膀上一样。

对我来说，走上栈桥是为了完成一次抵达，栈桥会让心灵进入平时无法抵达的地方。栈桥的意义并不全在抵达，有时恰恰相反，是为了不再抵达。在这鸟儿自由飞翔、鱼儿自由畅游的白洋淀上，栈桥也是自由的，和那些游鱼飞鸟们一样，从容地立在那里。在栈桥上，一味追求速度是缺乏意义的。

我的一个朋友，每天早晨六点，准时前往栈桥锻炼身体。他曾是一位长跑健将，上学时在运动会上拿过很好的成绩。很多年里，他将长跑作为自己的主要运动方式。他非常珍视这种方式，把长跑作为自己抵达人生目标的一个入口。

很多年过去了，他一直坚持着。后来，他遇到了栈桥，他开始在栈桥上一处较为宽阔的地方停下来。栈桥让他做出了改变，他开始每天面对粼粼的淀水，体验新的生活。是栈桥让他做出了改变，让他的脚步慢了下来，这不只是方式上的变化，也是由心灵做出的决定。

我的另一个朋友，是一位摄影师，他搞摄影已经很长时间了。早些年他主要拍白洋淀的风光，小桥、垂柳、淀水、芦苇、荷花、木船、晚霞，是他的摄影作品里经常出现的元素。那些照片，将我带入一个美轮美奂的世界，如同仙境一般。在他的观念里，白洋淀是一块无瑕的美玉。

后来，他迷上了栈桥，选择拍摄不同时刻不同季节的栈桥。在他的照片里，还有站成一圈踢毽子的男人女人，一个人陶醉在京剧唱腔里的中年男子，一群在凉亭内玩耍的孩子，站在桥边钓鱼的小伙子，一手牵着风筝一手举着二维码照片进行交易的大嫂。他用他的方式让栈桥变得丰富起来，栈桥也让他从一个旁观者变为参与者，和许多来到栈桥的人共同铸造着栈桥的精神支柱。

我也去栈桥，大约每周一次的频率，主要是为了记录节气的变化。在栈桥上，我看到了芦苇和蒲草的出芽拔节，看到了风雨霜雪的依次登场，看到了夕阳的辉煌落幕，看到了白骨顶、须浮鸥、凤头鸊鷉、大苇莺哺育雏鸟的辛劳场景，也看到了不可语冰的夏虫匆匆往来的短暂一生。在白洋淀上，栈桥就是一座剧场，各色主角纷至沓来，逐一登场、表演、谢幕，然后悄然离去。天地四时，万物秩序井然。大幕开合有度。

在踏上栈桥的步子里，我感受着栈桥的精神世界。栈桥在拒绝通向彼岸、主动放弃的态度和缓慢的节奏里，有尊严地选择了另一种存在方式。

栈桥的存在让我看清了脚下的路。这么多年，我一直在低头赶路，年复一年，在自以为是的方向上不断跋涉，为取得的所谓进步而沾沾自喜。在自己最好的年华里，虚耗掉难以计数的宝贵时光；在俗世的目光和欲望里，透支掉属于未来岁月的无数财富。真实、诚实、底色，这些宝贵的词语，被我重新捡拾起来的时候，我才感到它们的沉重。当我和它们重新一一握手的时候，既是一份自省，也是一次重新出发。

有一段时间，我清早来到栈桥，什么也不做，只是静静地审视着它，就像审视我自己，我看到了日常被喧嚣和匆忙遮蔽的那些最真实的部分。回首来时走过的路，内心五味杂陈，曾经费尽心力得到的，真的要舍去时，究竟是有一些不舍的。我默默看着栈桥边的蒲草、芦苇，盯着脚下的淀水和摇曳的水藻，我知道，我懂它们，它们也懂我，就像我懂栈桥、栈桥也懂我一样。

静默的白洋淀，汇聚了许多条河的流水。这些不同流向的河水，在这里获得了一种新的存在。每一条河的历程不尽相同却同归于此，在这里完成一次蜕变。在从河到淀的行程里，经历了高低变换，急缓顿挫，曲折迂回。眼前的白洋淀，像一个巨大的隐喻。

栈桥始终保持着沉默。栈桥在和你对视的时候，目光是坚定的，你从栈桥的目光里，可以看到坚韧和温情，可以获得你需要的东西。

在一次次走向栈桥的日子里，我看清了栈桥那边的自己。我挥手和昨天的自己告别，告别曾经的执着和坚守。我越来越明白，走向栈桥，是一次长途跋涉，也是一次告别抵达的“抵达”。

白洋淀断章

堤

堤是白洋淀人心上的灯。数不清的年月过去，堤一直还在。被冲毁，被还原，再被冲毁，再被还原。哪怕被冲毁一千次，还会有第一千零一次的还原。每一次还原，都有一盏灯被点亮。

堤一直在守望，用一种单线条的形式完成。有低就会有高，有时，低就是高，高也是低。堤和淀，用高和低维系着一种平衡，就像阴与阳，动与静，上与下，盈与亏。

堤在淀边隆起，支撑它的是人的欲望和思想，好似手臂和大脑的延伸。堤有多高，人的欲望就有多高；堤有多长，人的思想就有多远。如果你想知道生存与死亡，不用看芸芸众生，看一眼长堤就够了。如果你想看看人类对于水的态度，看看长堤也就够了。在变幻莫测的水面前，人类总是缺乏信心，只能靠堆起一条条长堤来安慰自己。在无数次的较量之后，堤作为人对淀的一种妥协形式出现，摆在那里，充满了无奈。对于水这种东西，既要堵截，又要疏导，只靠一种手段根本不行。堤既是堵截者，也是疏导者。生活中，有的人看懂了堤，把自己变成了像堤一样的人。

淀边的树

我在堤上仔细打量淀边的一棵树。老子当年是不是也如此仔细端详过水边的一棵树呢，他写“道生一，一生二，二生三，三生万物”时，是否从树的身上得到过启发?

你看，水边的这棵树，主干上分出两个大杈，大杈上又各分出三个细杈，每个细杈上又再分杈，更多更细数不清的枝杈向上举着更加数不清的叶子。一棵简单的树，长着不简单的枝叶。

我当然知道这只是在数字和形式上的巧合，与老子所说的“一、二、三”没有什么关系，但我还是在水边，看到了一棵树的道。

花儿秸

我在很多地方看到过花儿秸。水边的，纤细；景点里的，高大；大门前的，文雅；崖下草丛里的，颀长。花儿秸不需要很多，一棵，两棵，弯弯的粉色花序垂下来，就可以点亮那里。

我没见过成片的花儿秸。我的朋友曾经告诉我花儿秸的浩荡，如火如荼，拥有海一般的壮阔。我听得神往，纵情想象，却忘了问他在哪里见过。我曾去过淀里许多次，或许地点不对，或许那本身就是一个传说。后来，我从古人赋诗送别的场景里，才晓得花儿秸是一种思念，是不能说破的语言。

离开了白洋淀，花儿秸或叫红蓼，或叫荭草……名字很多。

荷

在白洋淀，荷是一个传奇。

来自古老岁月里的种子，在幽暗的水底萌生出一根根细茎，在水面上铺开一枚枚青钱，挺出一个个尖尖的小角。多窍的茎，如伞的叶，圣洁的花，在碧绿粉红与层叠摇曳间带着想象的翅膀，向着阳光一路飞翔。

你看见荷叶上飞翔的白鸟了吗？那就是它们的灵魂。

藕

藕躺在淤泥里，保守着只属于自己的秘密。在一节藕和另一节藕之间，孕育着叶子和花朵的梦想。藕把它们送出幽暗的世界，希望它们能够看到阳光。藕一辈子躺在黑暗里，无时无刻不在渴望光明。藕要让叶子长得茁壮，花朵开得美丽。藕要让这个世界知道，它的叶子和花朵有多么的美丽。虽然它们的名字很少被人唤作藕叶、藕花，但藕并不介意。藕比任何人都清楚，总有一些付出不会被人想起，哪怕仅仅隔着一段浅浅的水和一层薄薄的泥土。

白花菜

白花菜生来就带有一股飘逸，清新雅致得与白莲花有些相似。银灿灿的花在水面上荡漾，翠色的长茎在水和淀底之间游移。我一只手扶住船帮，另一只手却无处安放，不知是伸出去采下它，还是就这样安分守己地待着。它离我是这样近，又无人发现，简直唾手可得。我知道现在采下它，它就是我的囊中物、我午餐时的一盘菜。如果我就此离去，我将永远失去它，就像现在这样，只能用一篇文字作为纪念。

我永远记得那天的场景，它在快艇开过后的水波里摇荡着，像我的心旌一般。水是那么清澈，花是那么圣洁，白洋淀是那么美好。可没等我反应过来，白花菜就不见了。我的朋友一把揪下了它。他一边干着，一边说，现在很少见到白花菜了，回去咱们凉拌，尝尝鲜。

浮萍

浮萍是白洋淀的流浪者，行踪不定。只要把它重新放回去，再捞起的，将不再是先前的那一个。作为浮萍，它们长得太像了，若想分辨得彻底，比上帝辨认清我们的每一副面孔还要艰难。除非留下标记，或者让我们互相指认，此外别无他法。

望着铺满水面的浮萍，我开始想象那是一支流浪者的大军，如果它们现身人间，将会怎样？

水草

淀里的水草很多，密密实实铺满淀底。我分辨不大清它们的种类，除了对少数几种留有印象外，其余的都被简单地归在一起，面目模糊，这和我去外地开会一样，只有少数几个人能给我留下深刻印象，大多数人只是擦肩而过。

我在栈桥上走过，看桥边那一片片平坦的草场，看小鲫鱼像羊群般在那里悠游地放牧，看小白条鱼如牧羊犬般四处游荡。在淀水稍微深暗下去的地方，我看到一种叶片阔大的水草，茎节好似文章的段落，向着水底延展。我长久地伫立在桥上，目光从草的顶梢向下，顺着草茎、叶片探索。在被阳光打亮的地方，叶片在自由地呼吸，简直是上帝般的恩赐。有时会有一串细小的水泡冒上来，于是跟着想象在光线照射不到的深处，在那幽微的地方，会有什么出现。

地笼和须

地笼是水族的金牌杀手，不管是鲤鱼、黑鱼、鲫鱼、泥鳅，还是小龙虾、小田螺，一律通吃，就像赌桌上的王牌，是必杀技。地笼之所以这么厉害，是因为在它二三十米长的肚囊两侧，分布着数不清的“须”，鱼儿只要游进这些须里，就会束手就擒。

须是许多传统渔具上的关键部位，也是核心技术，带着几分隐秘的色彩。在过去相当长的时间里，一件渔具上一般只有一个须。各种“篮”和“篓”上都有须，像个微型的喇叭筒，进口大，出口小，出口处还有一圈放射状的刺，让想往回游的鱼望而生畏。

地笼突破了传统的限制，在一件渔具上将须复制了几十次。在创新的道路上，地笼的出现无疑是一种成功，但在某些方面，这无疑又是一种倒退。

钓鱼的人

淀边坐着钓鱼的人，一坐就是一整天。他们沉得住气，看得准，出手快。即便这样，大多时候钩上也是空的，有时连鱼饵也不见了踪影，鱼儿并非那么好钓，需要眼力、脑力、手力完美配合才行。鱼儿和钓鱼人都想碰碰运气，在相互试探中，不是鱼儿吞吃了鱼饵，就是钓鱼人提起了整条鱼。钓鱼人对上钩的鱼不拒大小，更不会考虑是不是上次跑掉的那条，只要有鱼上钩就行。他抛出的鱼饵可能在某一两条鱼上损失了，但总会在别的鱼上找补回来。

有一次，我看到钓上来一条嘴上有豁口的鱼。上一次，这条鱼逃脱了，可它把侥幸当成了真理。教训只能汲取一次。不是每条鱼都有好运气，更不是每次都有好运气。

生活里的钓钩，埋在钱里、物品里、男人女人的身体里。有的是名，有的是利，说穿了，钓的都是欲望。钓鱼的人，层次有高有低，最让人难忘的，莫过于无饵直钩垂于渭水之滨的白发老者，是他将垂钓的境界提升到一个后人无法企及的高度。

两种鱼

这是两种对水质有着不同要求的鱼。一种酷爱净水，对水质有着极其苛刻的要求，毋宁死，也不苟活于肮脏的水中。另一种适应力极强，无惧水质的差异，净水可以，脏水也可以。在不同的水体中，鱼鳞的颜色也是不同的，有黑色，有黄色，还有白色。

早些年，每到开河季，渔民们都要用网捕捞前一种鱼，当然是为了生计。现在，如果在淀里发现它们，人们会由衷地感到欣慰，这标志着一种改变的来临，一种回归的开始。

请记住它们的名字，第一种俗称屎包，名叫黑臀刺鳑鲏；第二种俗称鲫瓜，名叫鲫鱼。

芦苇

芦苇是空的，但不是空洞，成千上万的芦苇也会产生内容。庞大的数量，让看上去单纯的芦苇成为一种可以彼此依靠的背景。在我们眼里，芦苇荡仅仅是风景。在芦苇眼里，人和那些会飞行的鸟、会游泳的鱼没有区别。

芦苇有脚。它会行走，在地底下穿行，每走一步就会冒出一棵新的自己。芦苇在不断地自我复制中走向这个世界，占领这个世界上有水和土的地方。芦苇的野心，让我们这个世界变得生机勃勃。那些附庸者藏匿在芦苇的海里，享受食物，唱着赞歌。

芦苇和人，或者说人和芦苇，很像，每一个都是弱者，不堪一击，但每一个又都是强者，异常顽强，你可以弯曲一根芦苇，但如果没有锋利的镰刀，单凭一双手，你无法将它轻易抻断。

我不知道芦苇会不会思考，但人会，思考是不是人和芦苇之间最大的区别呢？有人说，“人是一根能思考的芦苇”。如果芦苇真的会思考呢？那人也是芦苇。

淀

冬日的白洋淀，失去了芦苇的遮蔽，又一次恢复了本来面貌。白的水，黑的土，构成了淀的主要内容。越是博大的，看上去往往越是简单，阳光，水，空气，泥土，哪一样不是呢？这些看似简单的东西，往往有着太多的内容，就像眼前的淀，可以眺望，可以想象，可以感受，唯独不能像一个名词那样对它进行定义。

淀本是洼地，方圆数十里，是低洼的本质造就了它的隐忍和甘于寂寞，也是低洼容纳了这一淀莽莽苍苍的芦苇荡。低洼似乎是一种很好的德行，但想要保持住低的姿态，还需要一种品质进行加持，需要时时自省，保持谦逊。

淀的背后，是水在支撑它，是水让低地变得不再低下，也是水让淀变得不再空洞。并不是所有的洼地都有这么好的运气，有的洼地一直是干涸的。我知道，水以一种形式存在于低处，又以另一种形式存在于云端，当然，它还有第三种形式。在由低陷处通往云端的过程里，水建起了自己的“巴别塔”。

抛开水谈论淀是没有意义的，离开了水，淀会是什么样的呢？我亲眼见到了淀的荒凉——芦苇是荒凉的，泥土是荒凉的，木船也是荒凉的，甚至连苇丛里的鸟儿也是荒凉的。我走进本来应该是水走进的大淀深处，我的心底里也生出了荒凉。我在盼望，我知道白洋淀也在盼望。盼望是一种能够滋生出希望的力量，只有相信它，才能相信未来。

在厚厚的书页间，我看到过白洋淀的另一副面孔。我在一行行被洪水浸泡的字里行间穿梭，看到一间间被洪水浸泡的房屋和一个个在洪水中挣扎的人，还有后面发生的悲惨景象。文字具有神奇的功能，摆脱了生死，穿越了藩篱，在时间之轴上，让我看到淀的盈亏枯溢，看到这种种变化背后人心的映像。

“淀”这个字很有趣，左边一个三点水，右边一个“定”，有水则定，但，水多了不行，水少了也不行。

淀边人家

老根哥家在村子的东南角，被一大片淀水围着，淀水又被芦苇、荷花、杨树围着，近近远远，铺出一幅画。老根哥一直没垒院墙，坐在炕上可以看见这片白亮亮的水。院子东北角，十几只鸡散漫地啄着食。鸡棚南面是一个不大的小菜园，菜园里的黄瓜、豆角、西红柿、茄子，绿的绿，青的青，紫的紫，颜色都嫩得很。

风摇着柳枝，有一搭没一搭的。院子下边，斜坡上的南瓜有拳头大小，躺在蒲扇般的叶子底下睡得正香。几条瓜藤顺着土坡向下爬去，想和水面上那几朵白睡莲打个招呼。

清早，我刚解开船的缆绳，就看见老根哥和老根嫂正在两丈外的四舱船上，猫着腰把一条条鲫鱼拣出来扔进养鱼的大鱼护里（鱼护也被称为渔护，是垂钓辅助用具之一，主要用来装捕获的鱼，以确保鱼存活）。我大声问他们河田怎么样（“河田”是白洋淀渔民对渔业活动的代称）。老根哥说：“今天还行，鲫瓜（指鲫鱼）多，昨天小龙虾多。”说话间他们已经分完了鱼，把船摇过来，拴在自家的小码头上，从舱里搬出“地笼”，往淀里涮。

“地笼”是一种捕鱼工具，有逮虾的和逮鱼的。逮虾的地笼，可以好长时间不用涮，越黑越好；逮鱼的地笼则越干净越好，隔几天就要涮一次。倒地笼这活儿很辛苦，每天三四点钟就要起来摇着船到淀里去。

老根哥和老根嫂都很瘦，他们长年在水上讨生活，风吹日晒，白皙自然与他们无缘，但黑说黑，却黑中透着红，泛着健康的光泽。

说起地笼这种东西，那可是有门道的——每条十四五米长，被我戏称为“无头双尾龙”，中间长长的方形筒子是“龙身”，两头渐渐收拢的喇叭形筒子是“龙尾”。筒子用的材料是尼龙网，网里面每隔二三十厘米用长方形闭合钢丝圈撑起来。两个钢丝圈之间，地笼的左右侧面上各留着一个“须”——须是鱼儿进入地笼的通道，两三寸长短，外粗里细，像个口朝外横放着的小喇叭，鱼儿只要从“须”中进去就甭想出来了。

我一直不明白鱼儿为什么会乖乖地跑到地笼两头的龙尾里，于是向老根哥请教。他乐了，眉毛一扬，用手指给我看，原来地笼的每两节之间，支架上都绷着一片尼龙网，起分隔作用，就像房子里的隔断，把龙身子分成了一个一个的小单间，老根哥称它们为“隔片”。每个隔片正中间，都留着一个须，就像是一道敞开的门，供鱼儿通过。龙身的左半截，每个须的口都朝向左边的龙尾巴；龙身的右半截，每个须的口都朝向右边的龙尾巴。鱼儿不管从哪节龙身钻进去，都只能按照隔片上须的方向乖乖往前游，一直游到龙尾巴里，束手待擒。老根哥还告诉我，倒完地笼后，要把龙尾巴依照原样拴在插入淀里的竹竿上，一定要让一小截龙尾巴露出水面，以防鳝鱼、黑鱼缺氧憋死。第二天早起倒地笼时，只需要解开绑在竹竿上的绳子，拎着龙尾巴把鱼往桶里倒就行了。地笼里什么都有，五斤多的鲤鱼，两三斤的黑鱼，还有鳝鱼，他都逮过。春天逮小鱼小虾，夏天逮小龙虾，天气热了小田螺就多了……

我听了大奇，究竟是谁发明了这个玩意儿，简直是太“聪明”了，可以说“聪明绝顶”！这一下鱼可惨了，过去捕鱼用渔网，网眼有大有小，有些小鱼可以逃生，但碰上地笼，就绝无逃生的机会了，简直是

“一网打尽”。

我不由得望了一下前面的白洋淀，不知这淀水里躺着多少条地笼，也不知每天会有多少条大大小小的鱼儿游进这些地笼里。记得有些村子专门做地笼，树荫下，院子里，三五个妇女在支起的架子旁忙着穿针引线。地笼做好后，有人来收，叠起来，捆成捆，装进雇来的大货车里，运到别处有水有鱼的地方去。

第二天，我去钓鱼，看见老根家的院子里晒着几条地笼，带着淡淡的水锈，刷洗得很干净。老根嫂今天没去淀里，正摘黄瓜呢。她右手还攥着一绺儿豆角，一见我来便招呼我吃黄瓜。我问她今天吃什么，她说吃拍黄瓜和昨天晚上炖的鲫瓜。我又问她今天怎么没去淀里，她指了指房檐下躺着的一捆苇子说：“今儿个得织小篓，岛上用。”

我才想起过来时见庆嫂正在轧苇，她说也是织小篓。肯定是岛上下了订单，这才赶制的。这几年苇子不值钱，苇席都没人织了，隔三差五只能织个小篓，村里绝大多数人家都不留苇垛，自谋生路去了，有的去摆脚（“摆脚”指摇游船），有的做点小买卖，有的干瓦匠，还有的打鱼。老根嫂和庆嫂放不下织席，还留着些好苇子，盼着有人收席。说起老根嫂和庆嫂，那可是村里的织席好手，活好，织得快，还不糟践苇子——什么苇子编什么席，那可是大有讲究的。

我把鱼钩甩进水里，盯着鱼浮有些愣神。前面这片淀水里，前几年有好些网箱，里面养的都是鲤鱼，每年出鱼时那才叫热闹呢——网渐渐收拢，里面的鱼越来越不安，水面上越来越乱，最后炸开了锅——一条又一条鲤鱼接连跃出水面，那场面既像是鲤鱼跃龙门，又像是哪吒闹海。两三条大铁船围拢在一起，穿着防水裤的老汉们忙着捞鱼、装鱼、过泵、收钱，一大舱鱼眼见着就空了。

收鱼的大铁船“突突突”拐进芦苇荡不见了，老根哥还在船上愣神，看他出神的样子，好像还在回味那些喂鱼的日子。是啊，除了养鸡，老根哥只养过鱼。他养的鱼销路好，老两口起早贪黑，打荇菜（水藻）喂鱼，不仅省饲料，养的鱼还属于纯天然绿色食品。老根哥最爱听鱼儿们吃食的声音，最爱看鱼儿上蹿下跳、你挤我拥抢食的场面，好像他养的不是一群鱼，而是他手下的兵，他像是个大将军在操演阵法——鱼食撒到东，东面就一片沸腾；鱼食抛到西，西面就一片沸腾。有时他觉得人和鱼一样，都在为一口吃的忙活着。看着一条条小鱼长到两三斤重，膘肥体壮的，他打心眼里感到高兴。后来白洋淀不让网箱养鱼了，他才买了地笼维持生计。

这时，院里的鸡“咯咯嗒——咯咯嗒——”地叫起来，没完没了。

一抬头，我看见老根哥摇着船回来了。远远的，渔船从芦苇荡中拐过来，贴着那片荷花越划越近，像一只游动的大雁。

风吹过来，淡淡的，有股腥味，又杂着一缕花香。

（写于 2016 年 12 月）

影子

小广场西墙根的影子里，每到下午就会聚拢来六七个老婆婆。她们自觉排成一排，静静地坐着，沉默得像几尊塑像，最显眼的，是她们那一头一头的白发。也许是我经过的时间不对，没听到她们说什么话。影子的边界被夏天的阳光切得笔直，几乎没有任何过渡，是截然对立的明与暗的交锋。那种反差，比边界线外面明晃晃的的阳光还要强烈，望得见却触摸不到。

老婆婆们坐着的是清一色的老年推车，是那种底下装有四个或者六个小轮子的助行器，很像一把椅子，走累了可以坐上去歇一会儿。她们推着小车，从各个小胡同里慢慢挪来这里。有一个婆婆，腰弯成了九十度，几乎趴在了小车把上，缓慢得如同一只蜗牛。

老婆婆们让我想起旁边胡同里的那个老头，村里人都管他叫三爷爷。他常常一个人坐在大门旁的影子里，他身后的家和他一样，显出一种孤单的意味。

三爷爷的两个女儿，都没在身边，离得都很远。大前年，三爷爷的老伴走了，两个女儿都想让他搬到她们那儿去住，可三爷爷哪儿都没去。他说他的身子骨硬朗得很，没那个必要；在哪儿也不如自己的老窝好，只要能常回来看看他就行。

女儿们是他的骄傲，为了孩子们上学、找工作、结婚，三爷爷拿出了所有的积蓄，除了三间老房，什么也没给自己剩下。三爷爷的老房子里，房檐下有一个燕子窝，年年春天都有一对燕子飞回来，在老窝里孵小燕子。两只燕子飞出飞进，歇息时就唱歌给他听，欢快的叫声让他心里高兴，高兴的同时又会滋生出一种莫名的惆怅。他觉得房檐下的那窝燕子比他的孩子还亲，一年三百六十五天，燕子能陪他大半年的时间，他的两只小燕子又能陪他几天呢？

老伴走后，三爷爷的生活变得单调而有节奏。每天清早，他都会到小广场溜达溜达，那有健身器材，可以锻炼身体。有时，他会去村西头，在路边的石头墩子上坐一会儿，看看通往村外的路，说不定会碰到回来的孩子们。更多时候，他就坐在大门旁，坐在胡同的影子里。他天天坚持着，努力地活着，既为了他自己，也为了孩子们。他不知道，如果有一天他病倒了会怎么样。有时他想，如果有一天老天要让他回去，一定要痛痛快快的，像老伴那样，千万不要让他瘫在炕上。对于这个他没想太多，再说，想又有什么用呢。

三爷爷家旁边是金爷爷家。自从金爷爷被儿子接走以后，那座老房子就空了，房檐上长起了荒草。三爷爷和他身后的老房子，在旁边金爷爷家的空房子衬托下，也散发着一种空的味道。这种味道不算浓，却也不淡，在这条没有几户人家的小街上游荡，让人心里跟着空落落的，想丢也丢不掉。它会让人想起过去那些美好的时刻，那些时刻离得并不很远，回味起来还有几分欢喜的残味。只是当小街陷入昏暗之中，所有的感触都湮没进夜色里时，才会显露出一种骇人的静寂，让人内心生出几分难以言说的滋味。

老婆婆们是幸运的，说不说话都有个伴儿待在旁边；三爷爷的孤独则是明显的，他脸上的皱纹那么深，似乎因此产生出一种力量，能够牵扯住眼睛和嘴角的弯曲，让它们不再轻易被打开，变得高兴或者悲伤。

村子里的老房子大都集中在小广场周围，和突起的新房子混杂在一起，像几只鸡立鹤群里，是一种塌陷式的存在。老房子无论高度、进深、材料、颜色，都呈现出一种蛰伏的状态。它们只宜放到古建筑上去，哪怕仿古的也好，才能把它们经历的风雨、丢失的岁月，一下子神奇地释放出来，让每一个观者睁大他的眼睛。这些老房子和那些老人一样，早已习惯了忍耐，蹲在周围的新房子旁边，和它们的主人一起静静地等待着。

老房子的荒芜就是这样开始的，它们好像一个个黑洞，无情地吞噬着曾经拥有的一切。那些坐在影子里的人，好似融进了影子里，成了影子的一部分。这些影子里的人，好似启动了倒计时的装置，在不断的无声闪烁里，等待着某个时刻庄严地降临。

卷五

春之孟仲

立春

在我看来，白洋淀的立春只是春天的信使罢了。宋代张栻在《立春偶成》里说“律回岁晚冰霜少，春到人间草木知”。一年接近尾声，冰霜越来越少，该是春回大地的时候了。这个信息，一些草木早就知道了，它们那么敏感，遥看有、近却无的草色，五九、六九的河柳，都是细细微微、似有若无的样子。

《数九歌》里的“九”是极数，有最大、最多的意思。九九归一，一切会从头开始。九过其五，寒极而衰，春意在冰雪之中悄悄孕育。春就悄悄立在六九的第一天上。虽然此刻还完全看不出什么，可立春会给人们带来希望。寒风中，想到春天就要来了，会生出莫名的感动。立春一过，不管天气多冷，也只是暂时的，拖不了多久的。

白洋淀的立春是很有仪式感的。打春前，家家户户的窗玻璃上，都要贴上红红的剪纸葫芦。打春时，大人孩子都要站起来迎春，表示对春的敬意。只是二〇二二壬寅年的立春是在凌晨四时五十分，肯定有人和我一样，酣然梦中。

二月四日下午，我来到白洋淀旅游码头北边的长堤上，眺望开阔的淀面。这里属于北淀，名叫烧车淀。冰面上，一捆捆被割倒的芦苇，这儿一堆儿，那儿一堆儿，随意躺着。这里的芦苇比较密集，冰面上几乎全是苇根儿的褐黄色，黄里又夹杂着一条条冰的青白。它们共同塑造着白洋淀素朴的底色。

顺大堤北行去往栈桥。走不多远，前面就是新堤与老堤的交会处。站在三岔路口北望，新老两条长堤如双龙并行，气势宏伟。两堤之间，步道蜿蜒，林木交错，显然经过精心设计。

我要去的栈桥，依附在老堤东侧，大致像个向西开口的“匚”。一南一北两个入口（同时也是出口），设在堤脚下。桥身向东探入淀里，曲折迂回之间，每隔一段距离便有凉亭、水榭、拱桥、望台耸立其上。亭中小憩，台上鸟瞰，都是不错的选择。

栈桥依水道而走，围住一大片苇地。桥外冰面开阔，视野极佳。此时的冰近于一本薄书的厚度，在阳光下泛着白，隐约可见冻在冰层里的苲草，向外透出条条缕缕的黄。挨着桥的一溜儿，冰面化开又重新冻住，薄如纸片，洁明如镜，是一色的深青。透过冰，水下的藻类清晰可见。

顺着桥走你会发现，淀上冰的薄厚有无，与桥有关，与阳光有关，与水流有关，也与地形有关，细想起来，很有深意。桥的东段和北段，傍着一条隆起的冰隙，时断时续。此时冰面上的隆起，已不复深冬时的景象，孱弱且平淡。一块块破碎的冰片，微微翘起，似一块块玉龙的鳞甲。

淀上的风微微吹着，阳光下感觉并不是很冷，许是今日立春的缘故吧。

雨水

这几日，天气一日比一日暖了，但风还是冷飕飕的。

正月十三的那场雪还没有完全消失，路旁、沟里、田野上，到处都是雪的残迹。沟渠内，南北两坡上的雪对比鲜明。向阳的北坡上，只剩点点残雪，而背阴的南坡，雪的实力依然强大，雪白还是南坡的背景色。

淀里，栈桥两边，景色各异。

栈桥南侧，有的地方冰完全化掉了，清澈的淀水下，一二尺下是纹丝不动的苲草，不管偏黄还是偏绿，都让人喜欢得很；有的地方，冰面只剩下极薄的一小层，像小时候冬日清晨日出前窗玻璃上的冰花；还有些地方，冰略略厚些，大概半厘米的样子。不远处有船经过，水波的动荡引发了冰面的破裂。冰裂的声音不是很大，但有质地，像糖葫芦前端的薄片在嘴里断裂开来。那清脆的声音像淀水一样清亮，沿着冰面疾走，瞬间从北方传来又向着南方传去，一路追赶着什么似的，远了，小了，终于听不清了，最后只剩一丝余音在耳畔回响。

栈桥北侧，由于桥栏遮挡住阳光，冰化得很少，冰面上泛着白，好像还很厚重的样子。但我知道，那些冰已经快酥了，用不了多久，在东风吹拂下，淀里的冰就会消失得一干二净。

站在栈桥上，向北面望去，栈桥圈住的苇地里，冰面上还留着一小堆儿一小堆儿的残雪。一堆堆儿的残雪与一小丛一小丛的苇茬子相互依偎着，白天化开，夜里冻上，如今已变成半雪半冰的模样，在青色的冰面上卧着，有点儿可爱。

“正月中，天一生水，春始属木，然生木者必水也，故立春后继之雨水。且东风既解冻，则散而为雨矣。”（《月令七十二候集解》）是啊，如果“雨水”这天能够遇到一场雨，那该多有意味，想一想也是美的。可在白洋淀，往年这时只会遇到雪。雪也算是雨的亲戚吧，落一场雪也是不错的。

古人将雨水节气分为三候（一候为五日，三候为半月），“一候獭祭鱼，二候鸿雁来，三候草木萌动”——鱼肥而出，獭先祭而后食；鸿雁自南而北，展翅迁徙；天气渐暖，草木开始萌发。如果按照冬至开始数九，二〇二二年的雨水日为七九第五天，惊蛰日为九九第三天。古谚云“七九河开，八九雁来。九九加一九，黄牛遍地走”，韩愈有诗“天街小雨润如酥，草色遥看近却无”，应是此后景象，大地上，春的图景即将一一展开。

归去。下堤时，瞥见右前方有只大鸟傍着路的右侧低低飞着，不疾不徐的样子，我能看清它褐色的背羽和伸展开的宽大翼翅。那是一只鹰。它在我的右前面，像有意陪着我一样飞了几十米，然后在前面一拐，掠过东南方的树梢，消失在了远方。

惊蛰

早晨，堤上有风，手微冷。

栈桥上，高大敞阔的凉亭内，有几个人在踢毽子。稍远处，一两个人在栈桥上散步。栈桥的南面，淀面开阔，冰已经全化了，粼粼的波纹层层涌动着。稍远处，枯黄的没有收割尽的芦苇在晨风中微微摇摆。栈桥内侧，稍高于水面的苇茬子，仍可掩住体型稍小的水鸟。相较于雨水节气时统治大淀的冰与残雪的静寂，此时，栈桥的周围变得热闹起来，到处都是“咔、咔、咔”的短促轻细的鸣叫声——哦，白骨顶来了。

白骨顶很好辨认，个头比乌鸡略小，头颈部纯黑，身体颜色略浅，呈灰黑色。每只白骨顶头上都顶着块白色的椭圆形额甲，白的额甲与近乎白色的喙连在一起，一下子让它的形象变得可爱起来，有点儿像京剧舞台上的丑角。它们不太怕人，在离栈桥几米、十几米远的水面上或稀疏的苇根丛里慢慢活动。有三四只在一起追逐嬉戏的，有像散步的夫妻那样成双成对、一前一后悠闲游动的，也有独自一个撅起尾巴潜入水里，不久从远处露出头来的。很多白骨顶，站在水面的枯苇上梳理羽毛，嘴巴一次次伸向尾部的尾脂腺，将油脂仔细涂抹在羽毛上。它们游动时，头一点一点的，似乎在对这里的环境表示满意。忽然，一只白骨顶扑棱棱拍打着翅膀在水面上奔跑起来，低低地掠过栈桥，落入北边的苇根丛里去了。

这时，空中飞过几只鸟，一看那略略有些笨拙的样子就是野鸭子了。它们个子比白骨顶大，但胆子要小得多，离栈桥比较远。它们在栈桥北面的开阔水面上，凝缩成了一个个黑点。

鸟儿来得早了，也来得多了。这些飞行和戏水的鸟儿，让惊蛰的意义在白洋淀得到了全新的诠释。今天，我在堤上看到榆树枝条上爆出一粒粒紫红色的小花苞，那样的不起眼，甚至有些丑陋，不过还是让我感到欣喜，过不了许久，鲜绿的榆钱就会一串串随着枝条摇曳。堤坡上，一片一片山桃，每一根枝条上都镶满了豆粒般珠翠晶莹的花骨朵，每一粒都在蓄势待发，每一粒都让人充满期待。

时光好快，转眼已是惊蛰，一入仲春，就全心期待着春雷的一鸣惊人，期待雷声早日惊醒那些入冬即藏进泥土里的蛰虫，催促它们快快起身加入这即将花开蜂舞的春日盛会。

惊蛰的“惊”，应重在一个“动”字，天时已到，草木萌动，地气上涌，催动百虫；惊蛰的“惊”，实重在一个“启”字，就像用双手拉开春天的大门，请你拥抱明媚的春光；惊蛰的“惊”，还有一个“请”字，似一双温柔的手，向你伸出，轻轻拂动，指指点点着，引领那虫、那花、那叶，那些准备融入春天的生灵，一起走上前去。

春分

《春秋繁露》上说，“春分者，阴阳相半也，故昼夜均而寒暑平。”春分这一日，正好平分了春季，又平分了昼夜。在二十四节气里，秋分与之相对，平分昼夜，平分秋季。两个“分”字，一个在春，另一个在秋，遥遥相望之间，却是半年光景。

春分一到，燕子就该来了。燕子形状的风筝早早飘上了天空，是一种期待，又是一种引领，期待在空中与燕子早早相逢，引领麦子在明媚春光里起身、拔节，引领踏青的人们走向蜿蜒曲折的水岸。

春分日的前天中午，下了场鹅毛大雪，让我体会到那如诗仙一般恣肆汪洋的诗情。这应是立春以来的第二场雪。上一次，正值三九天，雪落难融；这一次，雪花落入春天里，触地即化。这场留不住的雪，让许多人加厚了衣服，却给大地上的植物带来了恩泽。雪化为水，和雨又有什么区别，它该不是“雨水”节气里那场应落而未落的雨吧？

虽说到了春分春已过半，可此时才是白洋淀春天的真正开始。路边的柳树已经正式绿了起来，不再有任何羞涩。杨树枝头的每一个叶芽都尖尖的，膨大着，一个个争着向上举，看样子有些急不可耐了。沿着堤坡，远远近近，一树树粉色的山桃花和白色的梨花才开不久，一朵朵水灵灵的，睁着纯真的大眼睛，看啊看不够。堤坡上，诸葛菜一簇一簇，连成一片，每一枝花茎上都顶着一朵紫色的小花，正是惹人爱怜的时候。

淀里，芦苇还没有发芽的迹象，热闹的还是那些分散在各个苇塘里的白骨顶。在栈桥上走着，“咔——咔——咔——”声不绝于耳。大片大片的苇茬子之间，分布着大大小小的水面，黑色的白骨顶每一只都有自己的领地，这儿一只，那儿一只，在白亮亮的水和黄色的苇茬子之间很是显眼。我看见有两只白骨顶在枯苇秆上休息，刚停下脚步准备掏出手机，它们就一前一后下水游开了。

在栈桥外的开阔处，两只凤头䴙䴘，一前一后，正向南游去。从“雨水”节气开始，每次去栈桥都能看到它们美丽的身影。它们头对头、嘴对嘴深情对望的亲昵情景，让人感叹这鸟儿中也有神仙眷侣，也有精湛的表演才能。

出栈桥时，听到一长串又一长串熟悉的声音，那是小水鸡儿在纵情歌唱。离得那么远，个子那么小，音量却着实不小。它像在寻找同伴，又像在邀约伴侣，它一遍遍地唱着，歌声在淀上一圈圈飘荡开去。

清谷时节

清明

我坐在椅子上，长时间看向窗外。天阴沉着，在高高的楼房里，听不到什么雨声。我知道，雨是淅沥的，不会太大，也不会太小，但用不了几步，就会把你淋湿。来的时候，在小区大门口，我手中的伞被风刮散了。那是一把旧伞，骨架、伞面，还有它们的连接处，都老化了，禁不住风的袭击。小区的大门口是一个风口，这样的天气，那里的风会无端地大起来，让人猝不及防。

往年这个时候，准确地说是这几天的某一个下午，二哥就会打来电话，说第二天一早去填坟。祖母病逝后，坟地迁到了位于南条的自留地里，离着不算太远。坟地东边，原来有过一棵老柳树，大年三十上坟时，二哥就把雷子鞭挂在老柳树上，我们站在远处，看粗粗的鞭炮，一边“哧哧”冒着白烟，一边跌落到树的根脚。一颗，一颗，缓慢、巨大而沉闷的响声，一下，一下，砸进四周开始变得疏落的鞭炮声里。

每年填坟时，二哥总是去得很早。等我们赶到时，祖父祖母的坟，已被他填了大半。南条的地被承包出去后，种地的人有时会把麦垄播到坟边，有时犁耙会伤到坟土。我们弟兄几个从田边取了新土，用心修整着坟基，顺带询问彼此的近况。二哥不满包地人对坟土的侵占，情绪颇为激动。对故去的先人，维护好他们的墓地是一件大事。

我们很小心地给每一座坟压好纸衣，最后转一圈，看一看，然后收拾好东西，走回公路上，共行一段路后，在转弯处分手，重新回到自己的生活里去。平日里，大家很难聚到一起，虽然离得并不太远。除了拜年，族里有老人逝去，各家操办婚事、满月之类的大事外，上坟和填坟几乎成了牵系彼此血脉亲情的最后一条线。

清明前的平野上，麦色青青，只是颜色还新，没来得及沉淀成深绿。麦田里的坟丘，覆了纸衣，隔了老远就能看见，那几点白，醒目得很。顺着小路，低头走在前面的女人，跟在身后提了贡品和纸钱的男人，是这时最寻常的图景。

此时的天气还不稳定，时阴时晴。麦田旁边，有时会有一块瓜地，并排卧着十几个矮矮的塑料薄膜瓜棚。瓜棚里，瓜苗们还在做着春天里最后几场甜梦。喳喳叫的喜鹊，在附近的杨树枝上不安地翘动着尾巴，终于忍受不住我的注视，扑棱一声，展翅向淀边的大堤那里飞去。

大堤那边，高高的淀水将要漫上低低的苇田。苇田里，半尺来高的苇芽子才刚展开几片新叶，有的挨挨挤挤，有的疏疏落落，还无法将绿色进行有效的传递，将苇田所有的角落统一成同一种颜色。

淀里的杨树，刚刚钻出叶子，一棵一棵站在苇地里，你看着我，我看着你。清明时节的天气，有着疏朗的底色，能将目光投得很远，能将远处的水村收进眼底。水乡的清明节，和旱地的一样，只是多了水上漂移的木船，多了男人们桨声里划出的一道又一道亮闪闪的水纹。

记得往年的清明节前，几乎没下过一整天的雨。阴阴的天上，时不时会落下几个雨点，仅仅几个，一霎而已。

去年，二哥的电话是沉默的。祖父他们的骸骨已被请进了公墓，我们已经无坟可填。

窗外，清明前的雨还在下着。我忍不住打开窗子，倾听起雨声。

谷雨

谷雨一到，春天就快要离开了。还没有热络起来，就要分手，心中实在有些舍不得。桃花、梨花、杏花早已开过，枝上刚坐了小小的果子，进入夏季后，它们就会疯长起来。诸葛菜开得正旺，浅粉、深紫的花浮在绿叶上，一片一片在堤坡上蔓延，竟也有了气势。整个季春，无论走到哪里，都能看到花的身影。公园里、小路边、街头的拐角处，玉兰、海棠、山樱、紫荆、紫叶李、榆叶梅都在开花，一棵棵，一簇簇，一朵朵，满眼都是。忽然想起那一年，也是这个时候，到洛阳去看牡丹的情景。

“谷雨前后，种瓜点豆。”庭前屋后，田里地里，多了忙碌的身影。“谷雨麦怀胎”，雨生百谷，田野里生长着绿色的希望。

谷雨到来时，淀上的芦苇已经蹿起来一两尺高。那些高高低低的嫩梢，一枝一枝俏生生地立着。它们一丛一丛密密聚拢来，又一片一片热烈地铺展开去，最终连绵成一大片淡淡的黄绿色波浪，带着一两分轻柔舒缓的弧度，如一首轻柔的钢琴曲，又似一场沙沙的雨。放眼望去，最顶层的芦苇绿已然从黄白驳杂的底色中浮游而上，用不了多久，就会成为白洋淀上最具魅力的主角。不过，有些让人忍俊不禁的是，这些芦苇的腰身还远未伸展开，不由得让人想起幼儿园里那些套上裙子进行表演的小娃娃们。

淀水之下，是一个宁静的世界。淀底上密密生着黄绿色水藻，它们尽情舒展着枝叶，享受着阳光的沐浴。有的叶片硕大，植株茂盛，一簇簇聚着；有的叶片修长，棵棵竖直，一丛一丛，好似水下森林；有的枝纤叶细，密密生在水底地势较高的地方，好像水下草原。栈桥北面，就有一片这样的草原，最高处离水面还不到一尺。这里的鱼都是小鱼。最上层的是小黄瓜鱼，个儿都不大，一两寸长，三三两两，贴着水皮儿游动，有时一前一后，有时并排游过，有点儿像很多年前放学后结伴回家的小学生。底层是小鲫鱼，三五条聚在一起，专心致志地啄食水底的水藻，有一只竟然钻进了一个小洞里，只剩半个身子和分叉的尾巴露在外面，还不时摆动着，也不知道那里面有什么美味让它如此着迷。草原上当然也有独行者，一条一寸来长的小鲫鱼，这儿啃一下，那儿啃一口，漫无目标，好像不是很饿。稍远处的另一条小鲫鱼就厉害了，叼住一根三四寸长的草茎不放，鱼鳍用力向后摆着，身子一点儿一点儿向后退去，嘴巴在用力往前吞着。那根草茎眼看着不断缩短，缩短，就在还剩下一小半的时候，不知从哪儿冲过来一条小麦穗儿，将正吃得带劲的小鲫鱼赶跑了。

浅水沟里也有小鱼儿，两三条、四五条的样子，都是些半寸、一寸长的鲫鱼苗，它们静静地出入在这水下的密林中，就像我们在林间散步一样。不远处有条二寸来长的半大鲫鱼，看样子，它是不屑于和这些小家伙“厮混”的。这多像小区里的那群孩子啊，大的和小的是玩不到一块的，虽然那几条小鲫鱼好像很有些跟着这条半大鲫鱼玩耍的意思。

这时，远处的水面上游来了一群小不点儿，大约几毫米的样子，是一群刚刚孵出不久的小鱼须儿。它们全都昂着头，嘻嘻哈哈、叽叽喳喳的，热闹得很，你仿佛能听到它们咯咯的笑声。这些小不点儿，在哪儿都是这个样儿。前年，我在稻田的水渠里，看到的那些小鱼须儿也是这样的，也不知道它们为什么会这样快乐。大概，童年都是这样的吧。

长夏临淀

立夏

堤坡上，白杜树的叶柄处萌生出一嘟噜一嘟噜花蕾。白蜡树深绿的蜡质叶片丛中，垂下一串串鹅黄色的细长嫩荚。星星点点的马蔺、美丽大方的鸢尾、粉红深红的月季开得正旺。鼠尾草举着近半尺长的紫红色花穗，如一只只精灵在窥视四周。诸葛菜叶柄根部已经伸出一枝枝线形长角果，这是对夏天的投名状……

立夏初临，长堤上，少许粉红色花朵还在对春天做着最后的怀念。

鸟儿比人起得早，可究竟是些什么鸟，我也说不清，但能感觉到它们的高兴。

蛙声在新旧两条长堤之间的小水洼里一阵一阵沸腾。

双堤并峙，是最近两年才形成的格局。新堤修得很宽，两侧进行了精心设计，栽植了许多名贵的树木，树下种满了各种花草。在如海般的绿色里，蓝色矢车菊正展示自己温柔优雅的气质。新堤的出现，改变了这里的景致，过去的一切只能归于回忆。看着眼前的一切，我莫名地有些伤感，伴随了我几十年的那些景物，曲干的老柳树、高大笔直的杨树、冬天里冒着水汽的小河沟、素朴的小桥，都消失了。

此时，堤下芦苇丛里传来一阵欢快的叫声，哦，是它们，它们终于来了！这种我们本地人俗称“呱呱鸡”的小鸟，整天都在歌唱，从来不知道什么叫作疲倦。

冒出水面的蒲草，细瘦清秀，一枝一枝挺立着。有的芦苇快一人高了，油油的绿色远比平地上的苇要有精神。绿意在苇叶间闪动，随着苇田的走向流动，给淀水增添了三分生动、二分妩媚。此时的苇早已褪去了谷雨时节青涩的模样，一下子变身为婷婷少女，她们身着绿色的衣裙，在微风中轻轻唱着歌谣。燕子是芦苇荡里轻灵的舞者，翩翩而来，翩翩而去。须浮鸥的先锋也来了，半空中，两只，逆着风，停住不动。

杨花在半空中随风舞蹈，落到水面上的，星星点点的白，慢慢随水流着。它们在苇田南侧的水面上停顿下来，积了厚厚的一层，如雪一样。

栈桥边，水上浮着二三十片新荷，小巧如碟，嫩黄、浅红，错杂围拢住厚厚的一片白絮，不让它们离去，真是调皮。

成双成对的豆娘，单飞的绿蜻蜓，低低地飞着。

今日立夏。“立，建始也；夏，假也，物至此时皆假大也。”（《月令七十二候集解》）这里的“假”，有大的意思，春天播种的植物已经直立长大，万物从此进入繁茂时期。冬小麦距离收获还有个把月时间，在抓紧扬花、灌浆，努力奔向成熟。此时，站在田间，心中默默念着“立夏看夏”，农谚确是如此神奇。

每年立夏后，我都觉得身心还停留在春天里，阳光和煦，雨水亦不频繁，时有花香萦绕，树头新荫之下，一切刚刚好。或许春天舍不得离开我们这里，未曾走远，抑或夏天还未赶来，春夏之交的五月初，正是最美好的时候。

小满

再过十几天就是端午节了。淀里的芦苇已经长得很高，人走进苇地里很难看到身影。过去，从苇芽未及膝盖到芦苇长得粗壮高挺，一遍一遍在苇地里穿梭着的，是水村里各家各户男女劳力拾蔓子的身影——几个人一字排开，进到苇田里将危害芦苇生长的杂草用手拔除。那时候，芦苇是水乡人的庄稼，没有哪户人家或者什么人舍得掰下苇叶包粽子。掰苇叶子是芦苇不值钱以后的事，端午时节粽叶飘香的记忆也是新鲜的，还未来得及沉淀与发酵。

栈桥南口的凉亭里，几个人带了音响正在唱歌。歌声在水淀上空飘荡，传得很远，他们在唱二十世纪八九十年代的老歌，一首比一首打动人心。此时已接近黄昏，阳光不再白亮得刺眼，渗入了些黄色，变得温和起来，连眼前的栈桥也多了几分怀旧的调子。桥边的小荷叶，一片片叶子都有碗口大小，大多贴着水面，和我一起静静地听着。稍远处，几片小小的荷叶，茎那么细，盘曲着从水底升上来。还有几枚小荷的尖角，在水底婴儿般的沉睡着。偶尔游过一两尾小鱼，倏地一下不见了，是小黄瓜鱼儿，还是小麦穗儿，看不太清。

淀里的风是柔的，不时地轻拂过脸颊，不再有恼人的杨花柳絮。春已走远，这些送春的使者也已匿藏起了身影。晚风中，叫得欢畅的苇莺，它们离你是那么近，却又那么神秘，好像伸手拨开苇丛就可以看到它们，可等你睁大双眼瞧上半天，也不知它究竟停在哪根苇枝上。

走过高高的拱桥，看见两个人正蹲在桥面上往钓鱼竿上拴钓线。原来是夜钓的人。我问他们钓什么鱼，其中一个回答说是甲甲（黄颡）和鲇鱼。又问他们钓得多吗，还是那个人回答说昨天钓了两三斤甲甲。那个人很愿意交谈，告诉我要用蚯蚓做钓饵，昨天他钓上来一条一斤多的鲇鱼。两三斤甲甲，一斤多的野生鲇鱼，很可观了。站在桥上，一边欣赏淀里的夜景，听着大自然的吟唱，一边收获着野味，即便没有桃花和鳜鱼也是美的。普普通通的人，普普通通的夜晚，这样朴素平淡的生活如果走进诗中，就有了近于“斜风细雨不须归”的意境。

时不时传来飘忽不定的、上次在长堤上惊鸿一瞥的须浮鸥略带沙哑却响亮的叫声。

这一段栈桥两侧，芦苇荡较为稀疏，露出一片片大小不一的不规则水面，看上去如同一个个水泡子。芦苇荡上空，也不知有多少只须浮鸥正低低盘旋，频繁起落，兴奋地欢叫着。升起来掠过苇尖远去的，从远方疾行而来略略顿一顿就降落下去的，正你来我往，忙得不亦乐乎。离我最近的一只须浮鸥，正站在水面上浮着的几根褐色苇秆上，随着一浪一浪涌起的水波微微起伏着。它左右张望着，不时低头啄啄翅羽，停了一分多钟，腾地一下飞起来，掠过摇动的苇尖远去了。

它吃到小鱼了吗，是不是只是因为飞累了才停下来歇一歇呢？以前淀里满是网箱的时候，常常看到须浮鸥们一只只站在竖立的木杆顶端休息，现在还不到水面上荷叶尽情铺展的时节，这些鸥鸟还没有孕育雏鸟，不需要那么劳累，只需照顾好自己就行了。

在金色的斜晖里，这些鸥鸟欢叫着，飞舞着。这是以前我不曾见到的景象。

想起下午路过麦田时，麦子竟然长得那么高了，才深感节气的神奇，前些天阴郁的天气并没有影响它们的生长。小麦和大地上其他的植物，都在沿着节气的方向长叶、开花、孕育果实和种子。此时，小麦的籽粒刚刚饱满但还没有完全饱满，所以被冠以“小满”之名。小满，真是一个体现节制力的名字，满则溢，太满了就过了，看似一时的风光无限，往往已经开始孕育危机，事情就会悄悄变得不可控制和不可预料起来。“小满”的“小”，透着古人的哲思，在二十四节气里，这是一个充满智慧的词语。

时至小满，长长的夏天才刚刚开始启动，这些白洋淀的鸟儿又要开始新的忙碌了，一季的繁衍生息，一季的生长成熟，伴着美丽的荷花，伴着无尽的期待，在小满这天启程。

芒种

今日芒种，天气却宜人得很，想来要感谢前日的那场雨。

雨不大，有一阵没一阵的。雨来，独自一人，站在大凉亭里听雨，细细的雨，沙沙地响，有春雨的味道。雨停，在长长的桥上走，看已经大如玉盘的荷叶一叶一叶挺出水面，听杜鹃鸟一声接一声由远而近悠长的啼唤。想是下了雨的缘故，满淀的翠色里也填进来几分幽寂空灵的味道。即便是在一如往昔的苇莺的欢唱里，这幽寂与空灵的味道也没有一丝一毫的减少。

栈桥上方，两只平时只在树头密叶里隐逸的杜鹃，正一前一后，一边呼唤着，一边寻找着，从我头上飞过，向着长堤飞去。

“布谷——布谷——”它们是在寻找苇莺的巢吗？在高高的芦苇梢头，一只苇莺正兴奋地叫着，它的身下是碧绿的苇丛，此刻它是苇梢上的歌者，如此卖力地唱，却未曾见到另一只苇莺的到来。看到杜鹃飞过，我不禁为苇莺和它的伙伴们担忧，我想起了那个侵夺他人巢穴的古老传说。杜鹃，你们为什么要到淀里来，是为自己的孩子寻找合适的养父母吗？杜鹃，我第一次见你们在淀上飞过，拖着那迷人的啼唤，在芒种即将到来的前日。

空中的云，成岭成峰，孤独，连绵，低沉，高耸。它们都在蔚蓝色的淀水里编织着自己的梦。云的梦真是无处不在，淀水里，苇丛旁，水藻间，哪里都是。更神奇的，芦苇、蒲草、荷叶、栈桥、鸟儿们也都活在云的梦里。在云的梦里，两只白骨顶带着它们的雏儿，两三只，四五只，在芦苇丛边游动，这些不起眼儿的小家伙们，白嘴红颊灰身子，也似它们的父母那样不怕人，这儿啄啄，那儿啄啄，玩个没完没了；在云的梦里，小凤头鸊鷉常常是懒的，不爱学扎猛子，只喜欢游来游去，等它的母亲冒出水面给它叼来一条银亮亮的小鱼儿；在云的梦里，须浮鸥是忙碌的，叼着一条草棍儿，远远地飞来，慢慢地落入苇丛里去了。在云的梦里，有一个生机无限的世界，一个充满希望的世界，但这个世界也是神秘的，让人着迷的。我一直无缘得见白骨顶和凤头鸊鷉的巢，更无法目睹它们相亲相爱、孵卵育雏的情景，直到十天前的清晨，才猛然惊喜于一只只雏鸟跟在亲鸟身后玩耍的动人时刻的到来。

忙碌的鸥鸟，让我想起以前芒种时的情景，人们挥动起镰刀，收割属于自己的麦子，在遥远的打谷场里，转动起用青石凿成的碌碡，一遍遍碾轧麦禾的秸秆，脱出沉甸甸的麦粒。那份热火朝天的记忆仿佛还在昨日的梦里。

堤外的田野，越过城镇的屋瓦，飞鸟会觊觎那片片金黄的谷穗，在收割机"隆隆"经过的麦田里，鸟儿们在飞翔，也在歌唱，耐心等待遗失在麦田里的谷粒。

芒种，依然是充满梦想的节气，丰收的大门在徐徐打开，让人想起古老的歌谣，让人怀想关于小麦的传奇。

夏至三暑

夏至

夏至来时，地里的麦子早已割完，新出土的玉米幼苗才露出两片小叶。此时的白日，光照时间最长，太阳高度角最大，万物的影子最短。夏至的来临，意味着炎热天气的开始，气温明显升高，万物蓬勃生长，趋于茂盛。

路边的白榆，还是那样鲜丽。树梢上，淡黄薄绿的新叶层出不穷，好似浮在海面上的浪花。老叶的绿色顺着树枝的脉络一路深沉下去，没入碧色的海水。从春天到现在，白榆一直顶着这份浅淡的嫩黄，将朝气和活力诠释到无以复加的地步。上与下、浅与淡，仿佛对话一般，别有趣味。

昨天夜里，落过微雨，打湿了槐树枝头的花骨朵，打湿了树上的蝉鸣。今天早晨，热烈的阳光从空中泼洒下来，浇在沟渠两旁，落在堤下的杨、柳、榆、槐上，从错杂的枝叶间一直漏下去，滴在树底的花花草草上。叶子上的光斑，一个个分外明亮。杜鹃隐藏在树荫里，一声接一声喊着“光棍儿好苦”“光棍儿好苦”。浑厚深沉的声音，极具磁性，传出很远很远。长尾雉鸡扭动着肥肥的灰褐色身子，拖着长长的尾巴，惶惶地一路小跑着钻进树底密密的草丛里去了。

“绿树荫浓夏日长，楼台倒影入池塘。”池塘里的睡莲，叶子肥腴，色泽深沉，花朵在初升的阳光里日日绽放，有着谜一样的色彩，光影重重叠叠，如梦如幻，让人想起莫奈的《睡莲》，想起他在光与色的相互关系中富有创新的劳动，他把这种光、色明度的差别变化从绘画的各种其他因素中抽象出来，把它提到了不可攀登的高度。他的这种观察，告诉我该如何遵从自己的内心进行创作。

一杆杆荷花箭从层层叶子间冒上来，闭拢的花苞像合拢起的虔诚双掌，紧贴在颌下，让人想起那份佛前的肃穆和默然。粉与红从花苞被紧紧裹住的绿衣里挣脱出来，有的顶端刚刚露出一点点粉，有的继续向下洇染出大面积的浅粉、淡紫和深红，慢慢将整个花苞推往开放前的状态。刚刚打开的荷花，落落大方中还隐约含着一两分羞涩，绰绰约约，袅袅婷婷。开始落瓣的荷花，任由花瓣在圆叶上驻留，在水面上零落。蕊的鹅黄，瓣的粉红，小莲蓬的浅绿，彼此望着，依依难舍。这一片荷的面积虽说不大，却足以显出风致，似一首极好的小令。

芦苇和蒲草初初长成，在阳光下静立。叶的绿意开始蓄积。从叶色的深浅上，可以分辨出哪里是蒲草，哪里是芦苇。红蜻蜓，黑蜻蜓，绿蜻蜓，蓝色的豆娘，几只几只凑在一起，在深蒲浅苇边的淀水上互相追逐。现在正是它们恋爱的季节。

栈桥边，白骨顶带着它的孩子们苦练本领，好在深秋来临前能够独立生活。小鸟们一次次向水里扎着猛子，大鸟在旁边监督着——它的下喙一下一下用力向上抬起，与上喙用力闭合时，发出一声接一声短促有力的命令：扎！扎！

怡心亭东面，须浮鸥跟以往一样纷纷起落着。常有一只鸥远远衔了一段枯苇飞来，如直升机般徐徐落入苇丛里。相比白骨顶，须浮鸥们才刚刚结束独来独往的状态，开始确立稳固的恋爱关系。一对对鸥在水面的浮藻或枯苇上静静卧着，孵育雏鸟。它们的巢与栈桥的距离大大缩短了，有两三个巢离我只有四五米远。

这片水域真是令人赏心悦目，每次来这儿都让我流连。苇丛里，苇莺整日无忧无虑地歌唱着。它们和半空中的须浮鸥、水面上的白骨顶，成了最好的邻友，各自安享各自的生活——三，一个走入过经书的数字，一个有着无尽可能的出发点。

小暑

一

夏至小暑，热渐侵晨，早上七点钟就不再有凉爽的感觉了。

堤坡上，红色、粉色、白色的芙蓉葵在竞相开放。金鸡菊有着小太阳般的脸庞，在绿叶的衬托下，娇艳，明媚。蓝色矢车菊的花枝已经枯萎，蜕变成一片暗褐色，枝间残存的些许深蓝小朵，依然做着远去的春天的梦。

每朵花都有自己开放的时令，就像那些依次步入舞台、闪耀着灿烂星光的成功者。花开有早晚，风采自然不同。相比堤外白洋淀内野生状态的蒲苇，堤上人工种植的花草，更凸显了盛衰兴替的感觉，一种植物衰败后，可以看到另一种植物的勃然兴起。

夏天的绿，给我的感觉是无尽的悠远。置身堤坡上，看着这些花花草草，各种树木，不禁惊异于大自然的神奇。这么多种绿色，构建出一个繁复非常的绿的色系，一面向着深绿演进，另一面则向着浅绿变化，细看，每一种植物的叶子，绿的深浅程度都是不一样的，甚至让你无法判断出哪一种绿更为纯粹。

植物的美是不分状态的，花的含苞、叶的吐绿是美的，干的笔直、根的盘错也是美的，即便枯萎了，暗淡了，也还是美的。就像那些落花，花瓣凋零殆尽，只剩花萼了，那萼片也依然是美的。

不远处传来野鸡的叫声，嘎嘎两声，粗门高嗓，打破了夏日清晨的宁静。

二

下午六点，栈道上已没什么人，也看不到须浮鸥在飞，只有树上的知了和苇丛里的苇莺还在不知疲倦地聒噪。

芦苇已经长成，看上去莽莽苍苍，浩大繁盛。栈桥隐在芦苇的绿色里，隔一段现出一座亭台，向大堤上过往的人提示着它的存在。蒲草已经长出深褐色贡烛般粗大的蒲棒。荷花正是最好看的时候，花朵虽不大，却比沟渠里那些人工种植的显得有精神。

过了怡心亭，在栈桥北面四五米远的地方，一只须浮鸥静静地伏在略高于水面的巢里孵卵。这一带芦苇稀疏，有很多须浮鸥在此筑巢，每个巢里都卧着一只鸥，不时可见衔着小鱼儿的伴侣急急归来。

过了一会儿，那只须浮鸥开始焦躁起来，抬起头大声地向着远处呼叫。很快，一只须浮鸥飞了过来，在巢的上方盘旋了两三圈，才轻轻落下，但它的嘴里没有叼着任何东西。窝里的那只鸥把身子转向了北方，可能是有些生气了。刚回来的那只鸥并不急于交接班，开始自顾自地梳理起羽毛来，啄啄这儿，啄啄那儿，足有六七分钟的时间。忽然，趴在窝里的须浮鸥一下子站起来，拍拍翅膀飞走了。梳理羽毛的那只鸥这才不情愿地挪过来趴在了窝上。

繁殖期的须浮鸥，白颊红嘴，黑顶黑颈，深翅尖淡飞羽，特别漂亮。一双翼翅飞起和降落时尤显修长舒展。它们身材小巧，和这个时候白骨顶的幼鸟个头差不多大。

不远处，一只大白骨顶带着五只小鸟正在觅食。小鸟已有亲鸟（鸟类在孵化和育雏期间，相对于幼鸟，双亲被称为“亲鸟”）的一半大小，毛色还有些发暗，呈浅黑色，头顶羽毛淡灰，脖颈下灰白，脑门和嘴巴还不是耀目的白。比起亲鸟，幼鸟的颜色要黯淡得多。它们已经可以独立潜水，取食水底的水藻了。

桥下，两条半大的黑鱼一前一后悠闲地游了过去。旁边不远，一只体色淡黄的大泥鳅正向河底里扎进去，摇头摆尾，姿态舒展极了。

小暑的傍晚，白洋淀上依然宁静。

大暑

早晨六点多，淀里已是一片燠热，这长长的一天，想想都会觉得难熬。今日刚进大暑，大后天才到中伏，半个多月的湿热交蒸，实在是漫长而又艰辛的泥泞路程。炎热的“暑”意前面，又加了一个“大”字，像狠命推搡一样，将你置于一个无以复加的困境。想想半月前小暑初来的时候，真是凉爽得很了。

长堤上，骑行锻炼的人，一波一波，如过江之鲫。车轮辚辚，人声嚷嚷，好不热闹。

怡心亭东边，鸥鸟们筑巢的那片水域，须浮鸥在不断地盘旋起落着。它们贴着河面低低飞来，白色的腹和灰色的背，在阳光的照耀和绿苇的映衬下，是那么醒目。苇绿鸟愈白，心境不由得开阔起来。

栈桥上，离怡心亭最近的那个巢边，聚集了六七个人，都拿着相机、手机拍照。须浮鸥的雏鸟出壳已经八天了，出壳时有五只，现在只剩了两只，由一只亲鸟看护着。过了一小会儿，不知为什么，那只亲鸟忽然飞走了。两只雏鸟先是在巢里静静地趴着，后来听到头顶上方几只须浮鸥回旋飞舞着大声示警的叫声，就都站了起来，发出细弱沙哑的回应。那几只鸥在我们头顶上低低飞旋着，不时地悬停着，不住地发出焦躁的声音，像是在恐吓我们。更有甚者，其中一只竟然向着桥栏这边俯冲过来。我低头一看，这才弄明白，刚才有一个遛狗的人从这儿经过，牵了只小泰迪。须浮鸥们对狗的临近十分敏感，意识到了危险。育雏期间，它们的领地意识格外强烈，时刻都在进行捍卫。两只雏鸟在巢里叫了一会儿，就蹒跚着走了出来，下到水里，游到巢边的蒲草后面躲了起来。小泰迪跑远了，空中的须浮鸥也散了，只剩一只须浮鸥还在空中盘旋。它又飞了两三圈，才慢慢落下来。一只雏鸟看到了，马上游过来，回到亲鸟身边，低头用嘴梳理起了羽毛。另一只，仍在蒲草后隐藏着。

围观的人里，有两个摄影师。一个说他拍了一千张，另一个说从一千张里能挑出十张好片儿就不错了。他们都在等，等七点半大鸟回来喂食的那个时刻，希望能够拍到精品。

离这儿不远的桥栏上，立着一块写有“同在蓝天下，人鸟共家园”的宣传牌，一只绿色的大鸟正深情地注视着这片淀水。在白洋淀，人们喜欢鸟，希望越来越多的鸟来这里安家。

如今，白洋淀内已有九个鸟类重要栖息地，白洋淀不仅禁猎工作做得好，还有许多爱鸟护鸟人士在辛勤工作。随着白洋淀水质的不断提升，到白洋淀来的鸟儿越来越多，像青头潜鸭、水雉、花脸鸭、野生鸬鹚、白眼潜鸭、斑嘴鸭、东方白鹤、大鸨这些我见也没见过、叫也叫不上来的鸟都来了……

处暑

处暑这天的早霞真是壮美。五点三十分，东方的地平线附近已是一片耀眼的金色，那里好像有一炉沸腾的钢水，正向外放射出夺目的光芒。

阳光从炉口向外不断喷涌出来，将半个天空染成绚丽的橘红色，如同夏日傍晚壮丽的火烧云。半空中的云，有峰峦如聚的厚重庄严，也有波涛如怒的翻滚汹涌。今日的早霞是不输于“行千里”的晚霞的。

六点，朝霞完全不见了。太阳所在的那个地方还亮着，但阳光被压缩在极低的一小片空间里，仅能从云的缝隙里漏出些光来，微微有些刺目。满天的云都蒙了厚厚的铅色，只在每一朵云的边上漏出一丝洁白。过了一会儿，云在变白，也在收缩，云与云之间逐渐露出大片的蓝，那些蓝，如一座座雪峰围拢下的天池，纯得找不出一丝杂质。

走在大堤上，风是凉的，满耳都是秋虫的声音，簌簌如雨，落满全身。密密切切的，是草丛里蛐蛐的“琴声”。树上的蝉鸣也凄切起来，少了夏天烈日里那份无边无际的盛大。与大暑相比，处暑的风凉了许多，秋的况味已很明显。处暑意为“出暑”，是秋季的第二个节气，标志着炎热的酷暑即将结束。

此时，槐枝上的槐豆已比毛豆略长，豆荚粗圆，表面无毛，色泽黄绿而微淡。上学时，有一年放秋假，老师留了任务，让我们采集树木种子，说是用于支持西部绿化。我爬上街边的槐树，摘了许多槐豆，弄得手指黄黄的，很长时间里洗不下去。

堤坡上的小草还在盛期，许多小花依然美丽。狗尾巴草长茎顶端都挑着一条毛茸茸的穗子，茸毛里密密实实攒着一粒粒小小的种子。小时候捉到蚂蚱后，就是用这种草的茎，将它们一只只穿起来拎回家，先腌后炸，做成美食。暗红的稗草芒刺很长，让我想起“如芒在背”，那种感觉又是什么时候的呢，有些想不起来了。一种金色的小菊花，在周围一片枯褐色之中，星星点点的黄是那么醒目。秋英刚开不久，摇摇曳曳的，曾被我误认为是格桑花，会一直开到深秋里。粉红的蓼，花穗弯垂，开在小河边，一副垂眸惜别欲留却不言的样子。那句有名的“江南江北蓼花红，都是离人眼中血”，让我想起女儿小时候坐在沙发上看《还珠格格》的情景，如今，女儿的女儿也快上幼儿园了。

栈桥边的荷花瓣还在凋落，嫩老不齐的莲蓬立在荷叶边，藏在荷叶底下。褐色的老莲蓬，或俯或仰，半侧半倾，睁着空洞洞的眼。这里的荷花过于清瘦，带着野趣，完全没有公园里荷叶荷花的肥硕与雍容。初春时，我曾经见过公园里的工人重新栽种荷花的情景。他们穿着防水衣裤下到池子里，将泥里的藕刨出来，粗的细的，扔满一地。重新栽过藕芽的池子，被水浸泡上多日，池底方才慢慢钻出一枚枚尖尖的小叶，有着淡紫或深红的颜色，一日日长起来。这些荷花池里的花开得比别处的荷花要晚上许多，供人欣赏的周期自然延长了不少。这里，是没人去做挖藕重栽的事情的，荷花的生长完全由着大自然的安排，何时长叶，何时开花，何时结出莲子，何时枯萎，都是最最自然的事情。

怡心亭的梁柱上，几只麻雀七嘴八舌地议论事情。阳光射到淀面上，蒲草和芦苇的叶子上都闪着油亮亮的光。我看了多时，东边那片熟悉的区域里，没有一只须浮鸥的影子。秋分时已经空了的巢依然空着。看来，须浮鸥是真的不回来了。

秋露白寒

立秋

去年的立秋，好似一道分水岭，不仅温差明显拉大，早晚间从窗外吹进来的风还带来几许凉意，睡觉时不由得拉盖起薄薄的夹被。看来，秋要来了。

立秋的前一天，淅淅沥沥的小雨从上午就一直下个不停。到了傍晚，凉风终结了一周以来日夜开着空调的历史。整个大暑，黏潮闷热，实在难熬得很。现在，仅用电扇吹风就已十分惬意。想起早些年在庭树下扇扇子纳凉的情景，每年总有几晚辗转反侧难以入睡，那时哪里有空调，不照样一日日熬了过来。那些时光好似沉入水底的卵石，如今在视线里历历可数。透过时间的幕墙，回想从前的夏夜，都不再炎热，一点点变得温馨起来。

站在窗外，看空中的云，高且通透，完全褪去了立秋前的混沌。仅仅几天过去，枝头的槐花就不见了。定是那场秋雨，提前透露出秋来的讯息，提前终结了这场花期。植物是最懂节气的，从风中，从雨中，都能知道秋来的消息，于是赶紧结出果实，否则这一年要白忙一场。

没了落花，街面上变得干净起来，让人怀疑那场盛大的落花仪式是否存在过。同在大地上，人和植物比起来要迟钝得多，只能靠着落花与落叶感知季节的转换，做一个后知后觉者。

清晨，天有些阴，跑步和骑自行车的人却不少。不大工夫，天空中的云就厚了，颜色黑了起来，渐渐有了“黑云压城”的姿态。风声鹤唳之下，许多人急忙忙往回走。

我没有在意这些，继续前行。身旁草木的叶子，有的开始往绿色里渗透进一两分暗淡与枯涩。草木就是这样，年年随着节气，该开花时开花，该落叶时落叶，变化总像是在暗中一点儿一点儿完成的，一不注意就错过去了。

不小心惊起了路边草丛里的麻雀。这最平凡的一群，既靠近人类，又不依附人类，始终与人类保持一定的距离，自尊地活在天地之间。它们最爱一群群聚在路边觅食，在高低错落的矮树枝上凑在一起梳理羽毛。麻雀的羽色与秋草的颜色是那么契合，不细看很难发现它们，可它们偏偏又最禁不住人的靠近，没等你走近就起哄般轰的一声飞起，如同一群乌合之众，没飞出几尺就又心安理得地“唰”的一下落进草丛里，继续埋头寻找自己的草籽。这些最寻常的小鸟，在周涛老师的《隔窗看雀》里活得自由洒脱、无拘无束，是那么有滋有味，卑微却不卑下，让人心生敬意。

栈道边，荷花旁，四五只小白骨顶正优哉游哉地觅食。此时的它们，除了个头比亲鸟还小一些，除了脖颈下的羽毛稍微有些浅外，额甲已经趋于白色，羽毛接近灰黑，很像它们的父母了。

节气真是厉害，立秋时节的蒲草已经显出了老态，花白了头发，弯垂了腰杆，在秋风秋雨中，把萧瑟的况味写得十分清晰。接连两场秋雨，水涨起不少。栈桥边，那只须浮鸥的巢和两只雏鸟都不见了。准确地说，是大前天就不见了。可能是它们的亲鸟觉得不安全了，搬家了。

曾几何时，这片淀水上全是须浮鸥的身影。如今的风雨中，只剩下两只须浮鸥，一前一后伏在栈桥的栏杆上歇息。桥边的白骨顶孤独地叫着，连苇莺的歌唱都暂时停顿了下来。苇丛边，一只野鸭蹲在那里一动不动，扁扁的嘴巴，横在胸前，进入冥想状态。一只凤头䴙䴘傍着桥孤独地游着，见我走过，一个猛子扎入水里，过了许久才从远方冒出头来。

空中，还能看到别的鸟，但展着白色的翼翅翱翔的，已不再是须浮鸥。

白露

处暑过后，仲秋即来，在步步转凉的天气里，在即将到来的农历八月里，洁白晶莹的露气，终会为这满淀的秋光奉上自己的一份心意。

白露时节，正午的气温依旧是高的，但早晚的风会凉凉地从对着的两个卧室门口间一线穿过，一日比一日爽利起来。从立秋，到处暑，再到白露，时间好快啊，一个月过去，秋又深了一层。到了仲秋，一年的光阴过去了大半，就像一个人走进中年，面对手中渐渐少去的岁月和眼前的一大堆事情，老人的，孩子的，自己的，一时间感到多了几分沉重。为人子，为人父，肩上的担子并不轻松。

“八月白露降，湖中水方老。旦夕秋风多，衰荷半倾倒。”（白居易《南湖晚秋》）走上熟悉的栈桥，看向开阔的淀面。秋风起处，水面生出一圈圈縠纹。不远处的那丛秋荷，已经开始显出颓意，一枝一枝好不让人挂怀。前几日来看时，无风无雨，阳光又好，全不似眼前的这般模样。犹记得，桥栏那侧，水下的密密水藻，梗叶上附着的串串微小气泡正慢慢升上来。

此时的芦苇已经开始抽穗，梢头的颜色还没有浓烈起来，一丛一丛向着远方分散开去。在晨光中，这儿一块儿明，那儿一块儿暗，这儿一条儿深，那儿一条儿浅，浅绿、淡褐、轻蓝、微紫，在苇梢上轻轻浮动，有如画家起伏的思绪。

左岸边，一棵芦苇在剧烈地颤动。原来是两只小攀雀，正一下一下地抱着苇秆向上攀登，没用三两下就蹿上了苇梢，一边扑棱开翅膀，一边用力蹬开苇秆，飞向了别处，一连串动作真是干净利落。

小攀雀的飞腾一下子打破了这里的沉寂，悦耳的鸟鸣声如雨点般从四面八方的苇丛里向我这里落下来。叽叽，喳喳，呱呱，啾啾，啼鸣婉转，热闹不休。有些鸟儿就躲在栈桥两边的苇丛里，离我五六米远。它们有的在独唱，有的在合唱，还有的在热烈地讨论着事情，我能听出它们的那份深情，那份欢畅。

这几只好像是大苇莺，它们都在芦苇梢头聚着。见我走近了，哄的一下飞起来，只飞了两三米就哗的一下落入苇丛里，继续它们的歌唱。

忽然，吱喳！吱喳！吱喳！——十几下短促刺耳的尖叫声从苇塘深处持续传过来，好像哨兵拉响了防空警报，一下子盖住了所有的声音。栈桥周围顿时陷入一片沉寂，好像有人在竖起食指对着它们的脸说：嘘，静一下！但这份静寂维持了不到十秒，就听到一长串美丽的“花腔女高音”，又一长串“华丽繁复的咏叹调”，带着浓浓水音，从苇丛深处向着水面这边飘过来。

这时，两只燕子沿着水道飞来，忽而翻上高空，忽而贴着水面疾掠，唧的一声，又是唧一声，加入了这群鸟的盛会。

临近栈桥出口，两边多了虫鸣，麻雀也多了起来。一大群麻雀吵闹着翻滚着扑向大堤，瞬间又旋了回来，急速坠入了堤脚边的苇丛里，那一小片苇秆随即剧烈地摇动起来。嗬，这些调皮的小家伙。

一路走走停停，停停走走，看着，听着，听着，看着，鸟儿的欢悦感染了我，鸟儿的歌声令我陶醉，鸟儿的顽皮又让我的开怀，甚至有些忍俊不禁。

淀里真是热闹，看着它们，心绪舒爽了许多。白露时节的白洋淀，真是别有一番意趣。

秋分

清早，白洋淀上雾蒙蒙的。远处的杨柳消失了，栈桥也隐去了，只有堤脚边那座高耸的圆顶凉亭孤零零立着。从春到秋，有多少歌声从这座凉亭里飞出，飘荡在水面上，又有多少孩子在这亭子里奔跑，将一串串笑声洒进这茫茫的芦苇荡里。如今，只有我和这雾陪着它，度过这秋分的佳期。

秋分，正是这秋走了一半的时候，连白天和晚上的时间也大致均等。想春分与它隔了整整半年时间，情形竟是如此相似，春一半，秋一半，一个“分”字，分得哪里只是季节、时日，还有这人生的一个个阶段。春分之后尚有夏，锦绣灿烂的一大段时光，全都是热烈奔放的大好华年；秋分之后呢，只剩下这秋冬的漫长与枯冷，带着萧瑟，一步步度尽这收官之段。

水面上那些平铺的荷叶，从叶子边缘向叶心蔓延过去的缕缕褐黄，洇开的片片斑点，像刺入叶子的一把把锯齿形匕首，砸向叶子的一块块不规则石子，共同完成着对绿色的驱逐和围剿，耳畔似乎有阵阵喊杀声传来，那些残存的绿，兀自在拼尽全力做着最后的抵抗。

望向淀里，草木衰意已显，唯有淀水波澜不惊，犹是旧时景象。

看了多时，太阳终于从东方的雾中探出头来，离苇梢一两丈高，微红了脸颊，似蒙了纱的美人。

雾中的苇色，湿漉漉的，比往日显出几分深重的色调。过了秋分，芦苇就该准备开花了。苇缨似乎比前些日子又大了些，连近处那几簇站在浅水里的零零散散纤纤细细的小苇，也生怕赶不上什么似的，个个顶起了淡黄红褐的缨子，是那么可爱。在这片小小的水域里，她们三五根十几根凑在一起，彼此偷偷打量着，都微红了脸，似乎有些不好意思起来。原先说好的都保持单身，可节气一到，她们就都准备开花了。只是她们看上去那么瘦弱，湿漉漉的缨子微微垂着，不禁让人担心是不是雾气有些重了。

太阳又高了些，红彤彤的。太阳下的那片淀水上，微微泛着水汽。四五条水道沿着不同的方向消失在周围的芦苇荡中。

天色越来越亮，雾中的白洋淀悄然间起了一些变化，好像有人在进行精心地创作。东南方的苇丛，在一笔一笔勾画，每一笔那么清晰，没有一丝含混。那几笔褐黄，轻浅而灵动。这几笔碧青，稳重又大气。而西北方，那又高又浓的一大片苇缨，像是大块大块涂抹出来的。逆光中，东面在强调色调的冷暖变化；顺光下，西面在展示色块的高低起伏。无论逆光还是顺光，淀中的苇都在错落有致的浓与淡、高与低中，尽情地铺排和舒展着。

这幅画向我来时的方向一直铺排开去，直到被堤脚那条薄薄的雾带截住，才戛然而止。那条雾带，将长堤紧紧圈住，又给堤上杨树的墨绿色罩上了一层亮丽的雾白，向北逶迤着，渐渐隐入了远方。

寒露

寒露至，秋渐深。

秋风下，水波涌动，满淀蒲苇摇曳，萧瑟已上心头。

淀面上，几只白骨顶频频潜入水中觅食，在为南迁做着准备，不知它们还会在白洋淀上停留多久。淀水里，这么长的时间里只有一条小鱼游过。桥栏旁，一团团白色的小飞虫，迷雾般游离在我的身旁。它们让我想起几年之前的那个寒露日，想起雨中的栈桥和弥漫在淀内的浓重秋意。

印象里，那场秋雨落了一夜，清晨也未止歇。深秋的雨让这个世界变得好安静，听不到人声，也没有车声。树木花草在雨中都显出一番新意。淀上，远远的东方，只有几棵老树模糊的影子。空中，水汽迷蒙着空阔与混沌。微白的天色里杂了几许淡淡的烟色，一抹两抹，如空远迷离的水墨画。淀水泛着白，微微的雨落在白的水面上，这一条亮，那一条暗，一条一条连接着，亮与暗交错排列着，如秋日里刚刚耕过的田地。右手边不远处，一棵小杨树，艳丽的黄叶犹如一朵朵火苗在跳动，执意要冲破这秋的沉闷。淀中，在无数苇叶冷冷的秋绿之上，是垂垂苇缨暖暖流动的暗红。

就在我痴迷于这无边的冷绿暖红时，我听到了一声鸟语，梦呓般从低低的苇塘里传来，似呢喃，又似轻诉，到底是什么，终究没有听清。一只小龟，见我过来，扑通一声，从荷叶上跳进水里，一个猛子，没了踪影。一只野鸭，从稀疏的苇秆间悠然穿过，游进苇丛深处去了。

秋雨无声。一团小飞虫，在我的眼前忽上忽下、忽左忽右地追逐。只有它们不怕雨，一路跟着我，既不靠近，也不远离，始终离我一尺来远，赶又赶不走，大概是对我这个孤独的冒雨赏秋的人很是好奇吧。

已经几年过去，那场秋雨还停留在我的心中，未曾止歇。在寒露时节的白洋淀里，藏着一个神秘的世界；在深秋的芦苇丛里，藏着我所不知道的自由和快乐。那场雨告诉我，当你一个人面对这个世界，这个世界也会为你而打开。它还告诉我，一场下在寒露时节的雨，并非什么人都可以轻易进入。那场雨不知会让多少露珠化身为雨滴，融入这场由雨主导的世界？从白露到寒露，又不知有多少雨滴会从天上飘下，落入这凡尘里？洁白晶莹的露气，在一夜深似一夜的冷意里，为这寒冷所迫，终有一日会凝结为霜，晶亮亮闪烁于那华美的月光之下。

寒露至，昼愈短，夜愈长，秋也愈寒。在更远的北方，鸿雁会排成一字或人字的队列开始南迁。它们的离去，宣告了秋季的结束和漫长冬季的来临。在这之前或之后，更多的鸟儿也要踏上漫漫迁徙之路。这些大地上的旅者，不仅要忍饥挨饿，飞越高山、深谷、荒漠、草原，还要躲避天敌的猎杀以及人类之中饕餮之徒的无情戕害，漫长曲折的路途上，遍布着荆棘坎坷，充满着生死考验。

看着频频入水的白骨顶，衷心希望它们能够吃得胖一些，多储备些能量，好在这一路长远的飞行中坚持下来，飞到另一个安全宁静的水域。

寒露至，秋愈深。虽然“律中无射。天寒夜长，风气萧索。鸿雁于征，草木黄落”（陶渊明《自祭文》），但大地之上，有收有成，岂可辜负，可向高处去，一览壮美。

寒露至，秋未尽，仍有佳期。

序属霜雪

霜降

十月里多是晴天，阳光普照，岁月静好。日子一日日往下数，数到霜降，秋也就快要尽了。气温一点点降下来，有风刮过，透进衣衫的风也有了寒意，毕竟是秋天的最后一个节气了，将要拐到冬天的路径上去，面临一个新的开始。

前两年去爬黄柏坨，记得是在重阳日，正是霜降要来的时候。经过整修的景区面貌焕然一新，长长的台阶，望上去多了规规矩矩的法度，少了十年前闲走的野趣和质朴。山不算高，满坡的树被秋风染得红黄纷呈，加上四周的绿，一座座小山，爽目爽心。沐浴在秋阳里的黄叶，一叶一叶带着半透明的质感，枝枝杈杈在头顶上方交错遮掩，只给视线留出些许余地穿过天空。林下小径，蜿蜒曲折，多有奇石相伴，依然是十年前游览时的土径，看着熟悉且亲切，遂在那里盘桓停留了许久。一晃之间，十余年又过去了。

小区南楼东南角处曾经植有几丛菊花，经夏常绿，入秋后花茎渐高，花蕾渐出，顶起一枚枚小小的绿珠。花珠渐渐长大，一个个浮在绿叶之上，密密匝匝，攒得满头都是。每日里进出路过，不由得看上一两眼。花珠顶端逐渐开裂，露出花瓣的一丝两点意绪。几日出门回来，进得小区大门，一眼就看见楼角那里明艳艳的一片，走近细看，是那种细碎的小朵黄菊，绸缎般的黄，全部打开了，扬着一个个小脸，挤挤拥拥，简直如一堵菊花小墙。

红叶、黄花，总会伴着霜降来临，还有树上的柿子，也是这个时候才摘。它们都和霜降有缘，就像重阳节与霜降一样，这世上，总有一些东西会靠得紧一些。

街边的银杏，那么高的干，那么瘦的枝，俊美的身形让人想起卫玠，玉一般的人物。每读《世说新语》，常为那些名士所折服，简淡数言，便将玄远哲理和风流才情呈现给你。银杏便是这树中的高士，被请到红尘中，日日立于街旁，供人欣赏。如此高大的银杏，竟又是那么小的叶子，不拘一格的形状，摇摇地在空中飞舞，显尽秋日的深情。秋将尽，那一树一树的扇形黄叶也将留不了多少时日。西风北风，用不了几夜工夫就会将它们凋零殆尽，不知到那时，是否有人会去捡拾。想起米兰的文章里写过的捡拾银杏叶的老中医，方始为这古老的树木感到神奇。铺满一地的银杏叶，任它曾经多么美好地挂在枝头，点亮过阴沉的天空，终会被人扫去。灿灿的黄色，终也要回归于尘土，只是想，这匆匆一别，又将是整整一年。

沿着银杏的路走到淀边，站在堤上，看风中的淀水泛起涟漪，看摇动的苇缨抒发秋情。满满的一淀芦苇，似一首写给秋天的长诗。从前的诗里，写满木船的身影和镰刀的冷刃，一船一船地运送，一块一块地收割。长满老茧的双手，推开一个从霜降后不久就要郑重开启的打苇季节。

霜降，曾是白洋淀人无法忘怀的节气。从冬到秋的忙碌，即将赋予淀上秋收深深的喜悦。满满的一淀芦苇，将牵系起多少女人和男人的手臂，点亮多少黄昏和黎明的灯盏。打苇的日子，是如收割小麦和玉米一样的分量，抱在怀里格外沉重。

遥想立冬，船来船往，每一条芦苇荡里，每一条水路上，都是咿呀的桨声、哗啦啦的水声……

立冬

立冬时，梧桐树的叶子多已瑟缩不堪，不肯再舒展出平整的绿意，黄与褐两支大军便乘势而上，大声喊杀着登临梧桐叶的国度，攻城掠地。

大路边的杨树，有的早已沦陷，落光了叶子，露出树枝银灰的质地。稀稀疏疏的枝条，竖拢着指向天空，一个挨一个站定，好似抱拢起肩膀晒太阳的闲汉。还有好多树，远望去绿意未减，比如堤坡上的那几行树，可等走到跟前，才看清早已黄叶满地，比梧桐的境遇好不到哪儿去。

立冬一到，生气闭蓄。满地的狗尾草，茎枯叶白，哪里还剩一丝活力，就连爬山虎也谢了秋红，只剩长茎上的粗糙纹理还在蜿蜒。那些曾经盛放过花朵的枝条，此时徒剩瘦硬干枯。老子说过“草木之生也柔脆，其死也枯槁”，草木一秋，确是一个从柔软到坚硬的过程，人的一生又何尝不是在一条不断丢弃柔软的道路上走向生命的尽头。“人之生也柔弱，其死也坚强”，只是草木看得分明，人生却难看透。草木秋后还有春，看似枯干瘦硬的枝条上还会重新生发出柔软的枝叶，开出鲜艳的花朵。我们人呢，又如何能在一年年的演进中，一次次重新找回属于自己的春天的那份柔软？人活一世，草木一秋，柔软与枯槁不断循环上演。柔软看似弱小，实则更为强大。

杨树上，花喜鹊喳喳喳地叫了好一阵。太阳在五六丈高的地方露出小半张脸，很快又隐进东南方灰白色的阴云里去了。一路上，跑步的、骑自行车的人明显少了，堤顶上停着的车也没有几辆。栈桥入口处的小平台上，七八个人在踢毽子，正踢，侧踢，后踢，毽子在几个人之间传递，有时能来往上六七个回合，技术颇为精湛。

栈桥的栏杆上，布满了扁平的椭圆形水珠，桥面上也湿湿的，落满行人的脚印。

淀里，荷叶枯了，一柄柄叶子上，绿色全然无迹。芦苇，黄绿错杂，斑驳一片。有的从叶到秆全黄了，有的虽然整棵还绿着，那种老绿却无法使人想到春天。所有的芦苇，都顶了灰白的缨子，沉默着。芦苇荡外面的蒲草，一条一片，像褐红色的带子。越往里走，越发稀疏起来，一枝一枝，一束一束地立在水中，水面上晃动着游蛇状的倒影。这些蒲草，每一棵都是老叶枯黄，新叶尚绿，黄绿两色叶子交错伸展，与它们水中的倒影合成一个个简而美的对称图案。此处的淀水，因了蒲草的稀疏、芦苇的旷远，显得格外沉静，和别处的芦苇荡相比，透出不凡的简约之美。

淀里的水又涨了，水底的草又深了，更加幽暗了。

白骨顶还在，它们都聚集在离堤脚最近的苇塘里、河道边，断断续续地随意叫着，咔——咔——，啾——啾——，不再强调彼此的不同。远远的半空中，一群鸟飞过，约有十几只，看不清样貌，不知道是什么鸟在迁徙。

“霜降砍青苇，立冬割栽苇。”过去，这时正是淀里最热闹的时候，家家户户忙着打苇、运苇，没有一个人是闲的，没有一条船是闲的。那真是一个让人怀想的时代，一个无法用语言描述得清晰的时代。

小雪

清晨，在新堤和老堤之间的谷地里，浮起一层淡淡的雾气。雾在树梢之间慢慢飘游，将树的身影一点点从真实推入梦幻，再把梦幻一点点还原回真实。薄雾的神奇之处，在于这种随意进行切换的本领，它是日出前最伟大的导演。

堤脚下的芦苇全都黄了。芦苇的黄，是生命浸润出来的，从内向外焕发出的一种柔和的色彩，让人从心里生出喜爱，乐于亲近它、触碰它、抚摸它。与街道里的各种黄相比，它是让人舒服的，愿意盯住久看的。它的色调那么独特，用手机无法拍摄，无法准确还原。

早晨七点，东方现出一点点亮色，淀边早丛了垂钓的人，只有一两个，却给这充满寒意的清晨增添了几许别意。他们都是热爱生活的人。在他们的陪伴下，离他们不远的几片伶仃的荷叶，看上去也不再显得那么孤单。

热闹的，还是堤下桥边的白骨顶们，它们个头几乎一样了，我已经辨不出哪只是今年出生的雏鸟。它们已经完全具备远行的能力，随时可以跟着迁徙的鸟群奔赴遥远的南方，在那里度过冬天后，在某一个春日里再回到这里。看得出来，它们非常留恋这片水域。如果冬天这里不结冰的话，我相信它们一定会留下来越冬的。从去年开始，我已经听到有些鸟儿在白洋淀越冬的消息，只是没有亲见。现在的冬天，缺少的正是寒冷。记得小时候，往往一进冬天就会下雪，伴着树头呜呜的风声，雪会下上整整一夜。在风的呼啸声中，一家人躺在暖烘烘的土炕上，沉沉睡去。第二天清早，推开门一看，雪停了，太阳出来了，空气干冷干冷的，清冽得很。踩着厚厚的雪去上学，脚下咯吱吱地响。到了学校，并不急着上课，先要扫雪，老师和同学们在校园里堆起一个大雪人，有时也打雪仗，有关雪的作文是必写的。

今天，怡心亭里的麻雀分外多，不知道是什么原因。它们似乎总是这样，多也好，少也好，总是热热闹闹地凑在一起，吵闹个没完没了。

半个小时后，天色终于亮起来，太阳快出来了。淀水中的亭台桥树，全都静静的。水面上没有一丝縠纹。它们和自己的倒影组成奇妙的图案，有一种对称的美。桥栏上，桥面上，全是水珠，气温已经明显低了许多，但还没到结霜的地步。最近这些年，冬天趋暖，遑论小雪，连霜也降得迟了。

小雪，是进入隆冬的前奏，白洋淀将由此掀开新的一页。我希望不久会看到雪的降临，看到空中翩翩飞舞着的雪的精灵。

大雪

早晨干冷干冷的。两只喜鹊站在公路两边落光叶子的老柳树上，这边叫，那边应，很是有趣。步道上走着三三两两遛弯的人，穿着羽绒服，拉着帽子，戴着口罩。

在一蓬蓬野草上，我看到了久违的霜，附在狗尾草枯白的穗头和叶子上，晶亮亮的一层。

东方的红晕还未消散，白亮亮的天空下，码头北边新开辟出的大湖上，初结的冰平坦无际，让我想起这里存在过的芦苇、树林，想起春天时这里施工的景象。再远处，是天际的暗青色，往上是一层层的色彩，殷红、暗红、深红，再往上是红黄混合一体的明亮。

湖水北面，立着的树木、成片的芦苇，看上去一动不动，没有任何声息。所有的苇缨上都结了霜，但霜有些薄，压不住苇缨的赭黄色。浅浅的霜白只好在芦苇荡的赭黄色上浮着，有的地方虚一些，有的地方实一些，时隐时现。

一些不知名的小鸟，打破了这片寂静，它们尖细的叫声，远远穿越过来。

东方偏南方向，太阳终于露出小半边脸，羞怯得很。

刚刚走到这段淀堤的大弯处，就听到冰鞋擦过冰面的声音，七八个人，戴着安全帽，穿黄着红，背起双手，摆动双腿，在冰面上连成一条线，一圈一圈快速滑动着。看他们熟练的动作，就知道他们都是滑冰场上的高手。冰面已被冰刀擦出一条条划痕，犹如有人在冰面上画出一圈宽宽的跑道。刚刚结冰的淀面，极薄极平，虽是极好的滑冰场，可又非常危险，真让人替他们捏一把汗。这里多年前曾有过一片小树林，后来给伐掉了，于是卧了一小片淀水，好像一个小湖。小雪时，这里还有七八只白骨顶在觅食。

走在栈桥上，脚下沙沙地响。太阳升起来，阳光浮在栈桥上，桥栏上的霜分外晶莹。平日里平淡无奇的桥栏，现在好似铺了一条冰晶做的薄毯，变得异常华美。薄毯上的小冰晶，一个摞在另一个上面，组合成美丽的花纹。就连桥柱上那些塑料材质的柱帽，也脱胎换骨般有了玉的质地，犹如深夜赶赴舞场的那个童话公主降临。

淀里的霜到处可见，只是低处的要明显厚于高处。凉亭上铺着的茅草，丝毫不着霜迹，冰面上倒伏的蒲草，则絮了厚厚的一层霜，看上去一派银装素裹。凝了霜的小苇草特别可爱，平日里干枯的叶子，此时一叶一叶在空中伸展着，要向你诉说什么。

此时的淀里，除了栈道入口处那几个晨练者的隐约声响，除了我脚下的沙沙声，再也听不到别的声音。

太阳又升高了些，一道金灿灿的、白亮亮的光束顺着冰面向我这边延伸过来，好似通往东方天宇的金色大道。看着眼前这绚丽的景象，我找不到合适的词语去形容它。在壮丽的自然之境面前，我的文字是何其笨拙，又何其空洞。太阳升得很快，那条光道在迅速变化，很快退回到了太阳脚下，最后完全消失在远方。

栏杆上的霜，朝向太阳那面的已经开始融化，一道一道的流痕在霜白里现出、扩展，渐渐露出栏杆的底色。再美丽的霜，终是要化去的，留不住一丝一毫。

走到集翔台了，还没有看到一只白骨顶。是啊，淀面都被冻住了，它们怎么可能还留在这里呢？从初春到初冬，这些可爱的鸟就一直在这儿嬉戏、觅食，带给我们多少快乐啊。它们在大雪节气前的某一天飞走了，栈桥变得空寂起来，白洋淀的冬天就要来了。

站在集翔台上眺望，耳畔忽然传来一长串小鸟的歌声，是我在苇丛里听到过的那种亮丽婉转的歌声。

太阳高高升了起来，一定是这金色的阳光唤醒了小鸟儿，它们才开始歌唱的。冬日的白洋淀并不寂寞，有苇，有鸟，还有这金色的阳光。此时的阳光，确实是金色的，让人感到温暖，让人心中充满感动。

岁寒词条

冬至

天气晴朗，白亮亮的阳光落下来，剪辑着公路上树干的疏影。路边的小树林里，油锯嗡嗡作响，工人们正在修剪枝条。天很蓝，是冬天那种透着白的青蓝，离你很高很远。远远的天上有一道白线，一架飞机正不疾不徐地向东北方向飞去。低空中，一只鹰正拍着翅膀向东飞去，记得年初看见过这么一只大鸟，也是这样低低地飞着。一年里，看见鹰的日子并不算多。鹰的高傲、神秘，让人感到它的不凡，能够远远看到，也是一种幸运。

大堤上的树木，现出两种截然不同的生命形态。那些落光了叶子、休眠的树，仿佛正在闭关修行。平日里沉默的松柏，叶子绿得让人心动，也只有它们，才能在北方冬至到来后继续保持自己的本色。这些时光中的慢行者，不像只用几年时间就蹿起老高的速生杨，总是保持着自己的生命节奏，在与时光的对抗中书写下不朽的篇章。

淀里，芦苇是沉默的，栈桥是沉默的，除了偶尔的几点鸟声，满耳全是大淀结冰的声音。你会听到类似夏日里雷声滚动时轰隆隆的沉闷响声，听到“嘎——嘎——”的似乎是哪块冰开裂的声音，还有莫名的令人提心吊胆的“咔咔”声。走在栈桥上，有时传入耳际的是一种略微类似于“淙——淙——”的尖细声音，它们一下一下从冰面下悠悠传来，袅袅的尾音渐渐消失于空中；有时你会听到类似无数子弹飞过时发出的“啾啾啾啾啾”的短促仄音，好像水下正发生着一场激烈的战斗；有时是“咚”的一下，又“咚”的一下，震动着你的耳鼓，又像是水下冒出一个极大的气泡，“哗”的一下在你脚下的水底里炸开；有时好像是一根铁棒掉落在冰面上，来回震荡不息，连续不断地发出清脆的“叮叮叮”的敲打声。这里面响得最多的、最频繁的声音，是“啾”的一下，又“啾”的一下，顽皮地和你捉着迷藏；还有像牧羊人驱赶羊群时不停甩动鞭梢爆出的“咻咻”声，一个鞭花，又一个鞭花……这里真像是一个游乐场，无数的人在同时玩着各种有趣的游戏。如果不是站在栈桥上，我肯定会心惊胆战的，仿佛脚下的冰面会忽然发生断裂，冰冷的淀水一下子涌出来。我感到有一种力量正在冰层中聚集和释放，在从水向冰的转化过程中，不断发生着断裂与重新凝结。

冬至的来临，标志着冬天的寒冷时段正式开始，也让我对它充满了期待。冬至的白洋淀里是热闹的，无穷无尽的声音繁多而又富于变化。冬至的白洋淀又是静寂的，平坦的冰面上，栈桥、蒲草、芦苇始终是静默的，它们对于各种变化多端的声音全是一副漠然的表情，看着它们，那些声音只会加剧淀里的清冷。

冬至时的冰是好看的。冰面的浮土上，落着许多芦花的种子。没有浮土的地方，可以透过冰层看到沉在水底的芦苇叶子。冰面上有大片小片的气泡，圆圆的，大的有碗底大小，小的有如一角钱的硬币。今年的冰层很厚，大大小小的气泡分布其中，看上去是许多青白相间的美丽图案，花朵、果实、叶子、小鱼……只要你有足够的想象力，这里就会为你呈现出一个神秘而美丽的世界。

冬至这天无风，阳光暖暖地照着。冬天里的美好，就是这样一天两天无风的日子，让我想起多年以前写过的句子：“太阳圆圆的，像个红灯笼。阳光落在脸上暖暖的，眯一会儿眼，很舒服。”那时，风好多，好大，有时会连着刮上好几天。

小寒

今日小寒。《月令七十二候集解》中说：“十二月节，月初寒尚小，故云。月半则大矣。”入冬日久，冷气凝积，日久蓄寒，只是寒意还未达到极点。南方，此时应是梅花盛放之时，想那遥山远水，层层渡过，二三友人踏雪寻梅，该是一种怎样的人生逸兴。可惜，多年过去，终未成行。

东方的晴空下，矗立在淀边的那些楼房，看得清清楚楚。以前，那里是没有高楼的。从这边的堤望向那边的堤，两边的堤都可以互相打量，两边的树也可以互相打量。那时的冬天，那时的白洋淀，已经缥缈得如烟如雾。

此时已是二九将尽的时候，冰是最厚的，平平坦坦，冰面上落满尘土，两串远去的脚印显得清清楚楚。

栈桥边停着一艘铁船，船主人刚刚把栈桥南边的冰道重新破开，水面上浮着大大小小的碎冰。铁船破开的河道，一路向东，向北，穿过拱桥后，向西延伸回到堤脚边。一条碎冰浮泛的小河，一路伴着栈桥，让人感到一分别样的温情。

淀里，集翔台静静矗立着，拱桥静静矗立着，怡心亭静静矗立着。桥上，只有我的脚步声。阳光把栏杆的影子铺在桥面上，如同一级一级阶梯，通向回忆的远途。最初过淀时，我才十几岁，一转眼四十年过去了。这么多年里，淀里的芦苇一年年生长，何曾有过太大的变化？只是它们的境遇让人感慨，从很多年的精心管护、收割、被编织，演变成被当作柴草随意烧掉，再到后来的集中收割、处理、深加工。如今的芦苇有些芜杂，却更接近它们原初的生命状态，指向几千年前漫野流荒的自然场景。

今天有些奇怪，鸥亭里那些叽叽喳喳的麻雀不知都去哪了。苇丛里，一些不知名的小鸟正在展示它们尖细而明亮的音色，丝毫不逊色于夏秋两季里那些名“歌手”。近处，传来一些窸窸窣窣的声音，中午到了，有些鸟儿正起劲地啄着芦苇，“民以食为天”，它们也要吃饭的。想起来时路上，空空荡荡，少有行人，肆虐的病毒将人们禁锢得太久了，空空荡荡的大街两边，树与树间绷得挺直的白底红字大幅标语是那么醒目，好像只有这样才能更好地证明什么，让人相信什么。

岁末冬寒，小寒的寒却并不一定会很小。冷热消长，寒意到达极致后会慢慢走向另一面，阳气即在极寒之中萌发。《月令七十二候集解》中说：“初候，雁北乡；二候，鹊始巢；三候，雉始雊。”意思是说大雁感受到阳气的萌发，开始向北迁移；喜鹊感觉到春意来临，开始筑巢准备繁衍；雉鸡发出求偶的声音，为了迎接春天里的爱情开始鸣叫。鸟类是敏感的，善于感知时节的微小变化。小寒虽小，带给我们的希望并不小。

大寒

大年初二早晨，下了四九的第一场雪。这是入冬以来的第一场雪，也是新年之后的第一场雪。姗姗来迟的雪，纷纷扬扬，大片大片地从窗前斜掠而过。打开窗户，几片雪花顽皮地扑进来，脸上痒痒的，那份热情，似久别的人重逢。

对雪的渴望一直压抑在我的心底。很多年前，常常刚进冬就会下雪。

那时的雪很大，很厚，踩上去咯吱吱地响，天地间银装素裹。大街上、房顶上到处是铲雪、扫雪的人。最近这些年，雪越来越少了，不仅来得迟，还来得小了。妻子问我，这雪应该很大吧。我告诉她不会。如果是大雪，应该入夜即下，要下上整整一夜。

果然，九点半后，雪越来越小，马上就要停了。

大街上，雪只覆了薄薄一层。车开得很慢，路面上很多地方被车轮碾过，没了雪的痕迹，只在一些边边角角上残存着几片素白。

田野里，雪迹斑驳，到处露着草的枯黄。怎么看怎么像下了一场霜。

十点钟，太阳出来了，阳光有些刺眼。旅游路上，不时有车辆朝白洋淀码头方向驶去。人们都想看看雪后的景色，整整一冬不见雪的踪影，实在有些想念。

终于上了新安北堤。码头北面，湖面上那一大片白一下子让人有些回不过神。洁白、安静、纯粹，那是独属于雪的世界。湖岸外，芦苇荡里，隐隐约约，时露时不露的，是一条条雪白的小径。

堤脚下的滑冰场上很热闹。很多人忙着扫雪，不少游客在扫出来的冰面上撑着拖床。小时候，父亲给我做了个小拖床，我撑着它，在环城堤下的池塘里玩得不亦乐乎，常常把棉鞋弄得潮乎乎的，回家要围在炉子边上烤上整整一宿。儿童的快乐是那么简单，一个游戏就可以反复咀嚼一生。

淀上的风很大，呜呜叫着，带着雪的寒意直冲过来。拿手机的手顷刻间似坠入冰窟。往年的春节都在五九、六九之间，今年的春节刚进四九，提早了半个多月。

寒风中，枯白的狗尾巴草在瑟瑟抖动，那种灰调子里，缺乏芦苇的暖意。千百年来，芦苇都是白洋淀人的生活来源，是穷苦人家赖以生存的“庄稼”。在白洋淀人心中，芦苇始终是暖的。听说淀里正在打苇，不久之后，这里的苇子也将被打得干干净净，大淀又会重现它的素朴面貌，春回大地后重现它的绿色与生机。

小雪后的栈桥，雪迹未尽。光照处和阴影里的雪，半化半留，各自安处。亭榭顶上，还卧着些小雪，为栈桥添了几分魅力，就连从檐顶垂下的草也显得别有风致。

看着怡心亭两边开阔的水面，我想起多年前在冰面上追拍灰鹤的情景，也想起更早以前，跟着妻子，带着孩子，顺着东关老码头前往岳父家的情景。一转眼，这么多年过去了，老人家早就不在了，如今，老码头也不在了。

风中传来芦苇“唰唰”的摩擦声，数不清的苇缨在齐齐点头，似乎在回应我的感慨。直溜溜的苇秆是那么素洁。在冰面雪色的衬托下，苇秆的黄更加风致了。

的确，经不住北风劲吹的蒲草已经全部倒伏，冰面上只有芦苇还根根直立。芦苇的坚韧，让我想起白洋淀人抵御外辱的义举。眼前这些直立的苇，就是那时的苇，一茬一茬，经绿经黄，直到现在，仍然深具情怀和精神。

在栈道拐弯处，又看到那块圆形的宣传牌。牌子上绿色的大鸟和硕大的“同在蓝天下，人鸟共家园”还在昭示，还在劝谕。总有一些人需要被唤醒，总有一些事需要被改变。

看着栈道边冰面上拱起的长长裂隙，多么像造山运动在水上的演练。阳光下，所有的碰撞和隆起，所有的破碎与冻结，都在告诉我有一种力从来都不可抗拒。在自然面前，我们时刻都要保持理智。

今天是大寒第四天——二〇二三年一月二十三日（农历癸卯年正月初二）上午 11 点 18 分。在呼呼的风声中，我记录下白洋淀上第一场雪后的壮丽景象。今天，距离我看到那道隆起的冰隙已近一年。

大寒，这个天气冷到极致的节气，也在为下一个轮回奠基。

冬将尽，春将归。在白洋淀上，我翘首东方，期待东风的到来。

后记

文学，或许是完成自省的一个很好途径。在不断的阅读和写作中，我逐渐发现散文与生活的另一层关系。面对太多的复杂和未知时，想要将其准确地表达出来，常常感到笔尖的踟蹰和吃力。在知识、经验、思考和判断都无能为力的时候，我所依赖的唯有情感。

从喜欢一篇文章，到喜欢作者，再到搜罗他的书，这个过程有点像寻宝。而从一个作者到另一个作者的迁徙，又像是在心灵牧场之间进行转场，感觉自己既像个流浪者，又是个朝圣者。阅读改变了我对散文的认知，我开始敞开怀抱，拥抱那些持微火者，掏出自己的心，让他们文字背后微弱却明亮的火焰，燃烧掉自己心灵上的枷锁。心境日渐开阔起来，不再似从前那般局促，多了淡然和随性。阅读和写作，已经成为一种生命的需要。生命里，不能只有爱好，而缺少精神归宿。

这些文字大多写自二〇二〇年以后，主要是对我所生活的渥城和白洋淀的一些体悟。城与淀，人与自然，时间与生命，现实与历史，诸如此类的许多话题共同构筑起这些文字的骨骼与筋脉。在从城到淀的一步步摸索里，街道、树木，花草、飞鸟，果蔬、庄稼，船只、河流，栈桥、节气，还有我的亲人，我的白洋淀，都在记忆里以熟悉而又陌生的面貌出现。

我一直认为，写作是一件很个人的事情，甚至是写给自己的练习簿。在从生活中进行发掘时，所抛弃的东西有时连自己都感到吃惊。这就好比是一个挖掘者，你可以跟在他的身后，却不能干预他、指挥他。如果你觉得无事可做，可以为他递递工具，清理清理通道，沿着他所开掘的道路张望，直到看到那个微微发亮的洞口。

生活是丰富的，又是贫瘠的，不要指望它会提供给你什么。一个写作者，需要在生活面前睁大眼睛，用心用情去体味，但文字往往是滞后的，有些事情远没有结束，还需要时间做出最后的裁决。

对于这本散文集的出版，非常感谢为之写序的桫椤老师、主编凌翔老师以及中国画报出版社的编辑老师们。还要特别感谢为本书题写书名的朱志齐老师，因为他题写的是繁体字，所以最后未能在书上采用，成为一大遗憾。

最后，还要回到渥城和白洋淀，回到生活与文字本身。在时间面前，它们终会做出解释并进行重建。